SUITE NOIRE
DistelLiteraturVerlag

Romain Slocombe (geb. 1953) ist Zeichner, Grafiker, Fotograf und Schriftsteller. Nach einer beachtlichen Karriere als Illustrator, Cartoonist und Fotograf, geprägt von seiner Liebe zu Japan und seinem Sinn für den Skandal (eine provokative Leidenschaft für das Bondage), begann er mit der Schreiberei und kam, nach mehreren harten und realistischen Romanen, 2000 mit «Un été japonais» zur *Série noire*.

Romain Slocombe

Das Tamtam der Angst

Aus dem Französischen von
Katarina Grän

DistelLiteraturVerlag

«Das Tamtam der Angst» ist in der Reihe SUITE NOIRE,
herausgegeben von JEAN-BERNARD POUY,
bei Éditions La Branche (Paris) unter dem Titel
«Envoyez la fracture»
erschienen und ist eine Hommage an: «Envoyez la soudure»
(The Victim) von Carter Brown
(Série noire Nr. 525, 1959, Éditions Gallimard).
Das Buch wurde verfilmt von Claire Devers, produziert von
AGORA FILMS (Paris) für FRANCE 2 und ARTE.

Ouvrage publié avec le concours du
Ministère français de la culture –
Centre national du livre

Dieses Buch erscheint mit Hilfe des
französischen Kultusministeriums –
Centre national du livre

Deutsche Erstausgabe

Umschlagentwurf: Jürgen Knauer, Heilbronn
Photos: © AGORA FILMS, Paris
Druck und Bindung: Druckerei Steinmeier GmbH, Nördlingen
ISBN 978-3-942136-07-5

Der Autor ist beim Verfassen dieses Werks in
den Genuss der Unterstützung des
Centre National du Livre gekommen.
Er dankt ebenfalls seinen Eltern
und Charlotte Perriand – die den Anstoß zu dem
«Leneuf-Hocker» in dieser Geschichte gegeben hat.

Das «Gedicht» im letzten Kapitel ist dem
Mönch von M-G. Lewis nachempfunden.

Für Colin Thibert,
Stifter urkomischen Chaos.
In brüderlicher Freundschaft.

«O welcher Aberwitz! So mach die Augen auf, Ambrosio, und leg die Torheit ab! Die Hölle ist dein Los, du bist verdammt in alle Ewigkeit, nichts als ein Feuerpfuhl erwartet dich, wenn du zur Grube fährst! Drängt's dich so sehr nach solchem Aufenthalt?»

Matthew Gregory Lewis, Der Mönch[1]

1 Zit. nach Insel Taschenbuch 907, Frankfurt a. M. 1986 *(Anm. d. Übers.)*.

Koster/Demare (1)

«Entschuldigung. (Husten.)… Sie wollen meine Meinung bezüglich Ambroise Fridelance? Was ich wirklich denke?...»

Serge Demare hält inne, bückt sich, um ein Arzneitütchen zu öffnen, öffnet es, schüttet das aufsprudelnde Pulver in ein großes Wasserglas.

«… Ein armes Schwein. Ein armer Schlucker. Der ewige Verlierer. Nicht einmal ein Künstler, trotz seiner Ambitionen…» (Er hustet, ein schwerer Hustenanfall, als würde er sich die Kehle aus dem Leib husten. Wieder zu Atem kommend:) «Ansonsten ein netter Bursche, ernsthaft, fleißig, ergeben. Aber nicht vom Leben verwöhnt, also das, nein, Mensch!…» (Er lacht, was einen neuen Hustenanfall auslöst.) ... «Aah… Entschuldigen Sie, Inspecteur. Aber manche Leute sind halt so…»

Serge Demare rührt die Mixtur mit einem Löffel um, nimmt einen Schluck von dem Mittel, verzieht das Gesicht, seufzt, stellt das Glas immer noch hustend wieder auf das Tablett neben dem Sessel.

Polizeioffizier Koster, der ihm gegenüber sitzt, wartet schweigend, sein Notizbuch in der Hand.

«... Und seine Frau erst! Er muss die Hölle mit ihr durchgemacht haben!» (Er hustet.) «Sich stän-

dig total für diese Nervensäge aufreiben, die Besorgungen, das Essen, der Haushalt! Behindert, wie sie seit ihrem Unfall ist, diese Régine Fridelance… Ah, sie hat ihn dafür büßen lassen, dass er diese rote Ampel überfahren hat…» (Er lacht hämisch: aus dem hämischen Lachen wird ein Husten…) «Und… und… kaum hatte er mein Büro betreten, klingelte immer das Handy: das war natürlich sie… um ihn um irgendetwas Idiotisches zu bitten oder zu kontrollieren, ob er auch wirklich hier war, im Begriff, mir meine Illustration abzuliefern, und nicht bei einer Frau, oder um ihn vor irgendeiner Gefahr zu warnen, die sie in ihrem Horoskop gesehen haben wollte…» (Er schlägt einen Anteil nehmenden Ton an:) «In den Sternen!… Der arme Fridelance: dreißig Minuten, nachdem er das Telefongespräch beendet hat, klingelt es erneut, und es ist jedes Mal wieder seine Régine! Ah, ja, ja… Ich höre den armen Ambroise noch: ‹Ja, liebste Ginette! Aber ja, mach dir keine Sorgen! Ich kann jetzt nicht reden, Monsieur Demare wartet, wir haben zu tun… Je ungestörter wir arbeiten können, desto früher bin ich wieder zu Hause, mein Schatz… Bussi!› Klar, er hätte ebenso gut mit einer Wand reden können! Und Fridelance wagte nicht, sein Handy auszuschalten, dann wäre es noch schlimmer gewesen: was hätte er sich nachher anhören müssen, der Unglückliche, wenn er nach Hause kam…»

Der Verleger lehnt sich zurück, nimmt noch ei-

nen Schluck und setzt das Glas dann heftig ab. Der Löffel klirrte in dem leeren Glas.

«Scheißvirus! Und es juckt überall, an den Beinen, den Armen, den Händen… Sie wissen nicht, was es ist!… Alles, was ihnen einfällt, ist, mir Antibiotika und Entzündungshemmer zu verschreiben, ah! Die Rezepte können Sie vergessen, sag ich Ihnen… Eigentlich haben die Ärzte sich seit Molière nicht verändert. Sie sind alle wie Diafoirus, Nieten…» (Husten.) «Außerdem höre ich seltsame Laute in meinem Kopf… wie afrikanische Trommeln, und Schreie… Diese Blödmänner von Ärzten sagen, das sei das Alter. Das Alter! So ein Quatsch… Nun ja, selbst wenn Fridelance als Künstler ein Versager ist, seine Illustrationen sind gut, sehr gut. Allererste Sahne! Hier, sehen Sie die Bücher an, die ich in meiner Reihe ‹Grauen› seit Beginn der achtziger Jahre herausgegeben habe… Die Venus des Verbrechens… Das Fleisch des Teufels… Requiem für einen Zombie… Das Tier ohne Gesicht… Der unheimliche Landsitz… Das Ungeheuer aus dem Nichts... *Ambroise Fridelance hat eine verdammt gute Hand mit dem Pinsel! Sehen Sie zum Beispiel die Spinne hier, als würden ihre Beine sich bewegen, nicht wahr, als würde sie Ihnen ins Gesicht springen! Und da, die Fresse von dem SS-Vampir… Schaurig! Und die Kreatur aus dem Sumpf, die jagt einem echt Angst ein, oder?... Ah, Ihnen vielleicht nicht. Aber für die Populärausgaben ist das Coverdesign ausschlag-*

gebend, verstehen Sie!… Entscheidend!… Eine gute Illustration kann zehntausend mehr verkaufte Exemplare bedeuten!» (Husten.) «Als ich in dem Fach angefangen habe, war mein größter Konkurrent ‹Fleuve Noire›, dessen Erfolg großenteils auf Spionageromanen beruhte, die während des Kalten Krieges wieder in Mode gekommen waren… Dann habe ich gesehen, wie der Verleger Ditis einen Bombenerfolg hatte, als er seine Lagerbestände günstig bei ‹Prisunic› verkauft hat… Seine Reihen ‹La Chouette›, ‹Détective-Club› etc. Da habe ich diese grundlegende Wahrheit begriffen: die weite Verbreitung richtet sich an die breite Masse. Um sich mit diesen Reihen wie ‹Angoisse› bei ‹Fleuve Noire› messen zu können, musste ich die Techniken des Rewriting aufnehmen, meine eigenen französischen Autoren finden – gefügige und schnelle Autoren –, und vor allem einen ebenso kompetenten und produktiven Illustrator wie Gourdon einer war, der Künstler, der sämtliche Covers von ‹Fleuve› entworfen hat… Da habe ich Ambroise Fridelance kennengelernt… ganz jung damals, noch nicht verheiratet… Er wusste ja gar nicht, was für ein Glück er hatte…»

Das Lachen erstirbt in einem besonders grässlichen Hustenanfall.

Polizeioffizier Koster rutscht ein wenig auf seinem Stuhl vor.

«Monsieur Demare… Seiner Frau zufolge hat Fridelance Sie letzten Monat zwei Mal in ihrem

Verlagshaus in der Rue Mazarine aufgesucht. Das erste Mal am Dienstag, dem 24. September…»

Der Verleger verzieht das Gesicht.

«Warten Sie… Wo hab ich denn nur meinen Kalender… September… Ja, genau. Ich habe es hier notiert… Wegen der Illustration des Titels Tamtam der Angst, *das habe ich darunter noch angefügt, sehen Sie.»*

«Ich notiere mir das… man weiß ja nie, nicht wahr. Sie sagten, das…?»

*«*Tamtam der Angst. *Das ist ungewöhnlich. Es ist mit der Post gekommen…»*

Der Polizist zieht fragend eine Augenbraue hoch.

«Kommt das so selten vor, dass ein Schriftsteller Ihnen ein Manuskript per Post schickt?»

Demare sieht ihn lächelnd an.

«Oh neiiin!… Wir bekommen zwei bis fünf am Tag… Selten ist, dass ich eins veröffentliche.» (Er gluckst.) «Meistens wandern sie direkt in den Papierkorb.» (Husten, dann Lachen.) «Mit etwas Übung braucht man nur die ersten beiden Absätze zu überfliegen. Taugen sie nichts, ab in den Papierkorb! ‹Der Demare Verlag übernimmt keine Verantwortung für unerbetene Manuskripte etcetera…›» (Husten.) «Ich habe bereits meinen Stall von Autoren, wir sind vollständig, wir beauftragen niemanden mehr. Aber jetzt, wo ich darüber nachdenke… An jenem Tag ist Ambroise aus einem anderen Grund zu mir gekommen…»

1

Serge Demare saß hinter seinem Schreibtisch in der Rue Mazarine, den Telefonhörer ans Ohr geklemmt, und blätterte mit ungeduldiger Miene in einer Akte. Er warf einen nervösen Blick auf Ambroise Fridelance, der auf und ab ging und reges Interesse für die Coverdesigns heuchelte, die unter Glas an der Wand hingen, wobei er die Hände dauernd in die Taschen seiner abgewetzten Samtjacke steckte und wieder herauszog.

Von der Straße klang ein Hupkonzert herauf.

«… Sehr gut, schicken Sie mir ein detailliertes Angebot für eine Auflage von fünftausend. Ich rufe Sie zurück.» (Der Verleger knallte den Hörer auf.) «Setzen Sie sich, Fridelance, Sie machen mich nervös, wenn Sie so in meinem Büro herumschleichen… Und machen Sie bloß das Fenster zu, man versteht ja sein eigenes Wort nicht mehr!»

Ambroise Fridelance schloss eilig die Fensterflügel und sperrte den Lärm des Quartier Saint-Germain aus. Dann zog er einen Stuhl heran, dessen Metallfüße ohne Gummigleiter hart den Holzfußboden schrammten, und ließ sich hüstelnd in gebührendem Abstand vom Schreibtisch nieder.

«Also, Monsieur Demare… Ähm…»

Der andere unterbrach ihn ungeduldig.

«Ja, ich habe einige Illustrationen von Ihnen, die

gerade wieder aus der Druckerei eingetroffen sind. Sie sind gekommen, um sie abzuholen, nehme ich an?»

Fridelance zögerte.

«Ähm, nein. Das heißt, doch, ich werde sie bei der Gelegenheit mitnehmen, danke Monsieur Demare, aber eigentlich ...»

«Geht es Madame Fridelance gut?»

Der Illustrator verzog das Gesicht zu einem schwachen Lächeln.

«Ja, ähm ... es ist immer das Gleiche, wissen Sie ...»

«Ah! Natürlich. Sie haben mein Mitgefühl, mein lieber Ambroise ... Manchmal spielt uns das Leben seine Streiche ...»

Dies wurde in äußerst wenig mitfühlendem Ton so hingeworfen.

«Ja, Monsieur Demare», stimmte Fridelance zu, die gefalteten Hände zwischen die Knie geklemmt.

Der Verleger zündete sich eine Zigarre an:

«Also, was haben Sie auf dem Herzen? Ich habe heute Nachmittag nicht viel Zeit.»

«Die Sache ist die, Monsieur Demare. Hm ... Als ich angefangen habe, für Sie zu arbeiten, das war 1985 ...»

«Ah! Das ist lange her, Ambroise. Sie zeichnen schon seit zwanzig Jahren für den Verlag, das ist beachtlich ... Einer von der alten Garde! Und ein ausgezeichneter Illustrator! ...»

«Danke, Monsieur Demare. Nur ... Damals haben

Sie mir… als Tarif für ein Romancover aus der Reihe ‹Grauen› …»

«Ja, Ambroise.»

«Sie haben mir tausendfünfhundert Franc geboten.»

Demare schielte auf seine Zigarre.

«Das stimmt, ich kann mich noch sehr gut daran erinnern. Hm, Gewerkschaftstarif.»

Das schwache Lächeln des Illustrators erschien wieder:

«Ja, das haben Sie mir an jenem Tag gesagt. Aber, äh… das war vor zwanzig Jahren… Und ich arbeite immer noch zu dem gleichen Preis für Sie…»

Sein Chef gab ein ärgerliches Hüsteln von sich.

«… und, hm, wenn man die Inflation berücksichtigte…»

Demare schob mit einem verständnisvollen Lächeln die Akten vor ihm beiseite.

«Ah, Fridelance! Ich sehe, worauf Sie hinaus wollen!… Sie wollen, dass ich aufbessere, stimmt's?»

«Äh… Na ja, ja, Monsieur Demare. Es wäre nicht schlecht, wenn Sie auf… zweitausend… fünfhundert gehen könnten?» (Ein Moment, dann hastig:) «oder zweitausend. In Euro wären das nur… Warten Sie, ich habe meinen Taschenrechner… Hoppla!»

Der Gegenstand rutschte ihm aus den Händen, die lang und nervös waren, und purzelte auf den Boden.

«Lassen Sie, lassen Sie nur Chef, ich hebe ihn schon auf... Wenn Sie Ihren Fuß nur ein klein wenig zur Seite nehmen könnten ...»

Demare hob seufzend den Blick zur Decke.

«Hören Sie, mein lieber Ambroise...»

In dem Augenblick ertönte ein Handyklingeln – eine fröhliche und nervige Melodie.

«Entschuldigung... Ha-a-allo?... Ja, Ginette.»

Der Verleger begann automatisch, wieder in seiner Akte zu blättern, wohl wissend, was jetzt kam.

«Ja», stammelte Fridelance. «Aber ja, mach dir keine... Aber nein... Ja... Pst, reg dich nicht auf... Warte, mal sehen, äh, sie muss auf dem Kaminsims liegen... oder in der obersten Schublade im Sekretär... Hör zu, Ginette, wir kümmern uns darum, wenn ich nach Hause komme, das ist nicht...» (Seufzen.) «Das braucht man nicht sofort zu bezahlen... Pst, pst... Hör zu, ich bin in einer Besprechung, ich kann nicht... Ja... Und ich hole dir *Télé 7 jours* am Kiosk... Und *Télé 7 jeux* auch... Bis nachher, liebste Ginette... Genau, ja, bis nachher. Küsse.» (Die er mit zwei kurzen Geräuschen seiner Lippen andeutete.)

Demare hob den Blick von seiner Akte. In aufrichtigerem Ton als zuvor:

«Ah, mein armer Ambroise. Sie haben mein Mitgefühl.»

«Sie hat schwer was durchgemacht, wissen Sie. Muss man verstehen.»

«Aber ich verstehe ja, Ambroise.» (Er zog an seiner Zigarre.) «Dagegen müssen Sie aber auch verstehen …»

«Ja …»

«Als wir uns das erste Mal begegnet sind … Ah, ich erinnere mich, Sie standen da vor mir, ganz mager und schüchtern, mit ihrer großen Zeichenmappe unter dem Arm … Sie kamen gerade aus dem Senegal …»

«Aus Mali.»

«Ja, nun ja, das ist … Ähm, Ihr Vater war dort Unternehmer …»

«Ingenieur.»

«Noch besser. Und sie haben mir gleich gefallen … Ich habe Ihre Zeichnungen betrachtet, Ihre Skizzen, Ihre Aquarelle … Ah, da steckte Ambition drin … Und Talent …»

Fridelance hüstelte bescheiden.

«Danke, Monsieur Demare …»

«Doch, doch, Talent! Ich kann ein Talent erkennen, und folglich habe ich Sie sofort eingestellt. Zu tausendfünfhundert Franc pro Romancover, was damals kein so schlechter Lohn war. Und ich konnte es mir erlauben.»

« … »

«… Weil der Demare Verlag dreißig- bis fünfzigtausend Exemplare pro Titel verkaufte! Pro Titel! Nicht wahr …»

Fridelance wand sich auf seinem Stuhl.

«Aber Sie kennen die Folge ebenso gut wie ich, mein armer Ambroise. Die Boykott-Drohungen der

Buchhandlungen angesichts unserer Verkaufsstrategie in Supermärkten… Der feige Rückzieher der Verlagsgruppe, die uns Unterstützung zugesagt hatte… Die Kündigung unseres Exklusivvertrags mit der Einkaufszentrale von *Monoprix*… Ganz zu schweigen von der Konkurrenz der anderen Verlagshäuser sowie des Fernsehens, der Videos, und jetzt auch der DVDs…» (Seufzen.) «Die Leute lesen keine Horror-Romane mehr!… Und wenn doch, dann von den Amis fabrizierten Ramsch, der wie Toilettenseife über Werbeplakate in der Metro verbreitetet wird… Sehen Sie nur diese Stapel von Büchern, die Sie kürzlich für mich illustriert haben: bei all den Rückgaben wissen wir kaum noch, wohin damit! Hier, nehmen Sie die Entwürfe, das schafft ein wenig Platz… *Die Galerie des Grauens*, und dieses hier… *Symphonie fürs Jenseits*… Wissen Sie, wieviele ich davon verkauft habe: zweitausend! ZWEITAUSEND! Das heißt, so viel wie durchschnittlich von diesen langweiligen Pflichtarbeiten für Intelligenzler im *Café de Flore* verkauft werden, wie *‹Flammarion›, ‹Grasset›* oder die *‹Éditions de Minuit›* sie herausgeben, fabriziert von Söhnen der Bourgeoisie, die mit dem Mikroskop Nabelschau betreiben. Von sechzig Millionen Franzosen zweitausend Leser! In etwa so viel wie die Bevölkerung eines großen Dorfes. Der Rest unserer Landsleute entziffert den *Da Vinci Code* oder hängt vor dem Fernseher und glotzt *Star Academy*.»

«Oh je… Zweitausend, so wenig?»

«Aber ja. Aber ich habe keinen Multi hinter mir, verdammte Scheiße! Und Sie bitten mich um eine Honorarerhöhung... Aber wenn ich auch noch tausendfünfhundert Kröten für Sie zusammenkratzen soll, so zahle ich sie aus der eigenen Tasche, mein lieber Ambroise!» (Er brüllte:) «AUS DER EIGENEN TASCHE!»

«Aber Monsieur Demare ...»

Das Handy klingelte erneut.

«Entschuldigung. Hallo, ja... Ja, Ginette... Pssst... Ich finde diese Rechnung gleich für dich. Aber ganz und gar nicht!... Ganz und GAR nicht. Gut, hör zu, ich muss... Aber ja, ich bin bei Monsieur Demare. Genau... Richtig. Aber ja, aber ja... mach nur...» (Plötzlich regte er sich auf:) «Gut, Régine, das reicht, jetzt langt's! Bis gleich, Küsse.»

Er schaltete das Gerät aus. Dann, wütend:

«So, von jetzt an springt der Anrufbeantworter an!»

Serge Demare schüttelte aufrichtig betrübt den Kopf.

«Ts-ts-ts.»

«Es tut mir leid, Monsieur Demare ...»

«Sie können ja nichts dafür, mein lieber Ambroise, das wissen wir alle hier.» (Er balancierte die Zigarre auf dem Rand des Aschenbechers.) «Aber man muss dem Unglück beherzt entgegentreten! Arbeiten! Über den Banalitäten des Alltags stehen! Hier, ich habe da gerade Arbeit für Sie ... Warten Sie, wo habe ich es nur hingetan? … Was für ein Chaos hier. Ah, da ist es ja!»

Er warf ein schweres Manuskript auf den Schreibtisch.

«Das müsste Sie inspirieren! Sie, die Sie Ihre Kindheit in Kamerun verbracht haben! …»

«Äh, in Mali.»

«Das ist doch das Gleiche: sagen Sie nicht, dass es in Mali keine Zauberer gab? Die Tamtams im Dschungel, Voodoo, Menschen-Leoparden … Grrrr!»

Der Illustrator strich sich mit seiner langen, knochigen Hand die schütteren Haare glatt:

«Wir haben in einem modernen Wohnhaus mitten in Bamako gelebt, wissen Sie, daher … Und außerdem glaube ich, gibt es Voodoo eher in …»

«Ich weiß, ich weiß, das war nur so daher gesagt, mein lieber Ambroise. Nun, in diesem Manuskript haben wir jedenfalls afrikanische Magie und das ganze Brimborium! Der Autor scheint sich darin auszukennen …»

«Ist das unser Marc Conty?»

«Nein, nein, ein Neuer … Ein gewisser Euloge Zonta. Euloge, was für ein Vorname, haben Sie den schon mal gehört? Ich noch nie. Dem Absender auf dem Umschlag zufolge lebt der Junge in Lille … Ach ja, ich muss ihn anrufen, um ihm die gute Neuigkeit zu überbringen … Ich habe es schnell überflogen, die Sekretärin wird es ein wenig *rewriten*, weil es voller Anfängermist steckt, aber es enthält alles, was die Leserschaft mag, *unsere* Leserschaft … Die *große* Leserschaft!» (Er lachte auf.) «Und dann machen Sie mir ein Cover vom Allerfeinsten, was!, mein lieber Fridelance. Von dem verkaufen wir zehntausend! ‹Tamtam der Angst› … Der Titel stammt von mir, seiner taugte nichts.»

Ambroise stand von seinem Stuhl auf und fragte resigniert:

«Bis wann brauchen Sie diese Illustration, Monsieur Demare?»

«Gestern. Nein, ich mache nur Spaß. Sagen wir, Freitag?»

«Äh … Wenn ich bis Montag hätte, bliebe mir das Wochenende, um daran zu feilen … Und ob sie dem Photograveur die Zeichnung Freitagabend oder Montag früh geben, ist doch egal …» (Bitter:) «Die arbeiten Samstag/Sonntag nicht … Und außerdem sind ihre Angestellten in der Gewerkschaft.»

Der Verleger nickte mit einem leichten Lächeln, steckte seine Zigarre wieder an.

«Na gut, ich bin großzügig! Montag, Fridelance! Aber *bringen Sie mir ein Cover, das blutet*!

Koster / Hostess der Galerie «33»

«Wie war der Name noch mal? Frilance?»

«Fridelance. Ambroise Fridelance.»

Die blonde junge Frau blättert in ihrem Verzeichnis. Sie trägt ein hellgraues Kostüm, das ihre hochgewachsene Figur zur Geltung bringt. Polizeioffizier Koster lässt seinen Blick auf den schlanken Beinen, den wohlgeformten Waden, den schwarzen, hochhackigen Pumps verweilen.

«Der 24. September… Dienstag… Da ist es! Sein Name ist eingetragen, ich hatte ihn gebeten, seine Adresse da zu lassen… Rue Saint-Sébastien 40, im XI. Arrondissement. Da er interessiert wirkte… Ich erinnere mich jetzt sehr gut an ihn. Nicht der Typ, der normalerweise in unserer Galerie verkehrt.»

«Ach ja, warum nicht?»

Das professionelle Lächeln der hübschen Blonden nimmt eine verächtliche Färbung an.

«Nun ja, unsere Kunden gehören einem bestimmten Milieu an… das sind Leute, die sich für Kunst und modernes Mobiliar interessieren… und natürlich kaufkräftig sind. Dieser Monsieur… Fridelance, schien mir ein wenig… Mir fiel auf, dass

seine Schuhe äußerst abgenutzt waren. Und mit seiner Zeichenmappe dachte ich, er sei ein alter Student der Kunstakademie, oder einer dieser Künstler, die die Leute auf den Caféterrassen portraitieren… Nun ja, Sie verstehen schon…»

2

Ambroise Fridelance stieß die Glastür der Galerie *33* auf. Der Holzfußboden knarrte unter seinen Schritten, während er mit zugleich zögerlicher wie interessierter Miene die ausgestellten Gegenstände und Möbelstücke musterte.

Die blonde Hostess kam hinter ihrem Schreibtisch hervor, trat auf den einzigen Besucher der Galerie zu und fragte mit mechanischer Freundlichkeit:

«Vielleicht kann ich Ihnen Auskunft geben?…»

Fridelance wich zurück, wie bei einem Vergehen ertappt.

«Äh, nein, nein. Ich betrachte diese wunderschönen Möbel, ich wollte nur einen Blick darauf werfen.»

Die Freundlichkeit der Blonden kühlte nur um einige Grad ab.

«Aber bitte sehr.»

Der Illustrator sah zu, wie sie sich wieder hinter ihrem Schreibtisch niederließ und hörte mit halbem Ohr, wie sie einige persönliche Telefonate führte. Er betrachtete nacheinander einen Esstisch aus massivem Mahagoni, signiert Charlotte Perriand, einen Schreibtisch mit Palisanderverkleidung – ein Werk von Bodil Kjaer, einen eleganten kleinen «Kompass»-Tisch mit Röhrenbeinen von Jean Prouvé, eine Serge-Mouille-Lampe mit doppeltem Kugelgelenk aus seiden glänzendem, schwarz lackiertem Metall, einen zweitürigen Schrank aus lackiertem Blech, entworfen von Le Corbusier, ein Gemälde von Peter Klasen, auf dem – jeweils schwarz-weiß, aber mit farbigen Streifen versehen – ein halb von einer Chirurgenmaske verborgenes Gesichtsfragment und ein Bidet mit verchromten Wasserhähnen gegenübergestellt waren, einen runden Tisch von Osvaldo Borsani, einen bunten Perriand-Bücherschrank, von den Prouvé-Ateliers für das *Maison de la Tunisie* hergestellt, und schließlich einen Schreibtisch aus lackiertem Metall und weißem Kunststoff von Ettore Sottsass. Kein Preis war angegeben. Er nutzte den Augenblick, in dem die Hostess ihr Telefon auflegte, um zum Schreibtisch zurückzukehren – wobei das Parkett immer noch unangenehm knarrte:

«Äh, nun ja, ja, ich … Mademoiselle!»

Sie blickte zu ihm auf:

«Ja, Monsieur?»

Er hüstelte.

«Dieses Foto, das ich in Ihrem Schaufenster gesehen habe … Äh, man erkennt darauf afrikanische Soldaten, die auf Hockern sitzen … Sie sind mit Schnellfeuergewehren bewaffnet …»

«Das Foto wurde 1968 auf dem Flughafen von Bamako aufgenommen.»

Ambroise erstarrte.

«Bamako ...»

«Und die Hocker sind von Paul Leneuf.»

Er wiederholte perplex:

«Leneuf...»

Die junge Frau lächelte.

«Paul Leneuf war ein Mitstreiter von Le Corbusier. Sie haben in den dreißiger Jahren revolutionäre Möbel kreiert, er und Charlotte Perriand...»

«Ach ja? ...»

Nachdem sie leicht die Schultern gehoben hatte, rezitierte sie mechanisch:

«All diese großen Möbeldesigner liebten Ausgewogenheit, Logik und Reinheit... In den Wohnungen stellten sie das Licht über den Schatten, fröhliche Töne über triste Farben... Sie wollten dem Geist und dem Auge nach der erschöpfenden Hektik und der Vielfalt der Tage eine Ruhepause gönnen... Sie glaubten, eine praktische Einrichtung ästhetisch mit einer psychologischen Atmosphäre vereinen zu können, das heißt, mit einer Atmosphäre, in der die Persönlichkeit des Bewohners voll und ganz zum Ausdruck kommt: sein Geschlecht, seine Tätigkeit, sein Geschmack...»

«Mhm-hm.»

«Aber folgen Sie mir, wenn Sie sich für Paul Leneuf interessieren...»

Sie führte den Besucher zu einer Wendeltreppe,

deren Stufen an bronzene Blütenblätter erinnerten, und deren Designstruktur ohne Geländer gefährlich schwankte.

«Die Möbel, die wir zur Zeit im Keller ausstellen, stammen aus der Innenausstattung des Flughafens in Bamako, in Mali. Eine Arbeit, die 1956–1957 von den Paul-Leneuf-Ateliers angefertigt wurde. Sie wurden kürzlich wiedergefunden und restauriert. Die charakteristischen, ursprünglichen Farbtöne sind dabei noch voll zu erkennen …»

«Mhm, dieser Tisch ist ganz verbeult …»

Die Blonde verzog das Gesicht zu einem entschuldigenden Lächeln.

«Der Flughafen wurde bei einem Putsch vom Militär geplündert … Das Mobiliar hat natürlich ein wenig gelitten …»

«Allerdings. Und das ist trotzdem Geld wert?»

«Fünfzehntausend Euro», erwiderte die Hostess ziemlich kühl.

Ambroise Fridelances blasse Augen weiteten sich verblüfft hinter seiner Brille.

«Was?»

«Das ist der ‹Winkeltisch› von Leneuf, ein Klassiker im Design des XX. Jahrhunderts, in recht großer Serie hergestellt. Aber wir besitzen noch wesentlich teurere Stücke als dieses.»

«Oh, là, là … Das hätte ich nicht gedacht. Fünfzehntausend Euro! In Franc sind das …»

«Etwas über achtundneunzigtausend Franc.»

«Donnerwetter!»

«Die Stühle und Tische von Leneuf sind sehr gefragt. Die Amerikaner sind ganz versessen darauf. Ebenso wie die Möbel von Perriand, die Stehlampen von Mouille, die Keramiken von Jouve ... Seit dem Tod von Leneuf letztes Jahr sind die Preise noch weiter in die Höhe gegangen ...»

«Zu Recht», sagte Ambroise. «Ich dachte gerade an diese Hocker auf dem Foto im Schaufenster ... Haben Sie davon welche hier?»

Die Blondine hob den Blick zu den metallenen Blütenblättern der Wendeltreppe.

«Ah, die Leneuf-Hocker! Das Model mit drei Füßen! ... Nein, leider ... Von diesem Model wurden nur vier Exemplare hergestellt ...»

«Vier? Und alle für den Flughafen von Bamako?»

«Wo sie, wie es scheint, während des Staatsstreichs verbrannt sind. Das ist wirklich schade. Ein herrliches Model an Reinheit und Ausgewogenheit ...»

Antoine Fridelances Stimme zitterte ein wenig:

«Und ... wenn jemand einen dieser Hocker wiederfinden würde ... Ich ... ich meine, wenn Sie ihn hier hätten, was würden Sie dafür nehmen? ...»

«Aber ich habe Ihnen doch erklärt, dass es keine mehr gibt.»

«Ja, ja ... aber sagen Sie es trotzdem, nur so. Nennen Sie einen Preis!»

Sie seufzte verärgert. Dann:

«Ich weiß nicht. Da müssten Sie Monsieur Bazaugour fragen, aber er hat einen Termin außer

Haus, ich weiß nicht, ob er noch einmal in der Galerie vorbeischaut... Sagen wir... Vielleicht... hunderttausend Euro.»

Fridelance brüllte verdutzt:

«HUNDERTTAUSEND EURO!!!»

Sie musterte ihn neugierig.

«Ich bin nicht ermächtigt, Gutachten zu erstellen... Aber wenn es sich um ein Einzelstück handelt, könnte es sogar noch mehr wert sein...»

Ihr Gesprächspartner lehnte sich an die Kellerwand.

«Mein Gott.»

«Geht es Ihnen nicht gut? Monsieur? Möchten Sie ein Glas Wasser?»

«Ja, äh nein, es geht schon... Ich bin müde, ich komme gerade von meinem Verleger...»

«Sie sind ja ganz blass. Setzen Sie sich ein wenig...»

«Danke...»

Die Blondine schrie:

«Nein, nicht da! Stehen Sie sofort auf!»

Dann stöhnte sie:

«Der Leneuf-Sessel ist fünfunddreißigtausend Euro wert...»

«Schon gut, schon gut, ich habe ihn kaum berührt», brummte Fridelance und stand wieder auf. «Es tut mir leid... Gut, ich glaube, ich gehe dann mal... Meine Frau wartet auf mich, ich habe mich arg verspätet...»

Die Hostess folgte ihm auf die schwankende

Treppe, die er immer vier Stufen auf einmal nehmend hochstieg.

«Ich gebe Ihnen einen Katalog unserer afrikanischen Ausstellung mit. Wollen Sie Ihre Adresse nicht hier lassen?… Damit wir Sie über unsere nächsten Ausstellungen auf dem Laufenden halten können… Hier, ich gebe Ihnen einen Kuli…»

Während er einige Worte über eine dringende Illustration mit einem Tamtam und Angst stammelte, kritzelte Ambroise Fridelance rasch Name und Adresse in das Verzeichnis und stieß unter dem neugierigen Blick der Blondine in grauem Kostüm und hohen Absätzen die Glastür auf, um die Rue Mazarine wieder hinaufzulaufen, als wäre ihm der Teufel auf den Fersen.

Koster/Régine Fridelance

«Wir können nichts dafür, Monsieur. Das stand in den Sternen. Wozu die Leute aufsuchen, Erkundigungen einziehen… Ich habe Ihren Kollegen schon alles gesagt, was es zu erfahren gab…»

«Madame Fridelance… Es tut mir leid, dass ich Sie belästigen muss, aber es gibt vielleicht neue Aspekte… Nun gut, rekapitulieren wir: Ihr Mann ist an jenem Tag nach Hause gekommen, nachdem

er seinen Verleger und anschließend eine Möbelgalerie in derselben Straße aufgesucht hatte ...»

Régine Fridelance wand sich in ihrem Rollstuhl.

«Ah, diesen 24. September werde ich nie vergessen! Ambroise war ganz aus dem Häuschen, so hatte ich ihn selten gesehen... Dazu muss man sagen, dass er normalerweise immer eher depressiv war. Das liegt an dem dissonanten Verhältnis zwischen Sonne und Saturn ...»

«Wie bitte?»

«... bis hin zu selbstzerstörerischen Konstellationen. Ein negativer Einfluss von Saturn macht stur, nachtragend, engstirnig... man lässt es an Flexibilität fehlen und verliert somit Sympathien oder nützliche Freundschaften. Man schaltet auf stur, und dann geht nichts mehr, das ist der Bruch.» (Sie seufzt.) «Mein armer Ambroise!... Dieser verfluchte Hocker hat ihm den Kopf verdreht ...»

3

«Tritt dir die Füße ab! Hast du *Télé 7 jours* und *Télé 7 jeux* geholt?», kreischte Régine Fridelance, als sie die Haustür aufgehen hörte.

«Ah, nein, das habe ich ganz vergessen. Macht nichts, ich geh noch mal los ...», sagte ihr Mann, während er in das dunkle Zimmer ganz hinten in der winzigen Erdgeschosswohnung stürzte, das nach abgestandener Luft und Bohnerwachs roch und ihm als Atelier diente.

«Aber was treibst du denn da?...»

«Da hinten», schrie Fridelance, während er Gegenstände verschob, Farbtöpfe, Lineale und Winkelmaße umstieß:

«Der Hocker... Wo ist er?... Gestern habe ich ihn noch gesehen, neben dem Zeichentisch... Ich hatte meine Schachtel mit den Acrylfarben darauf gestellt...»

Régine Fridelance schwenkte ihren Rollstuhl herum und durchquerte das kleine Wohnzimmer.

«Der Hocker, den dein Vater aus Mali mitgebracht hat?»

«Ja...» (Weitere Gegenstände purzelten zu Boden.) «Ah, Scheiße...»

«Ich habe die Concierge gebeten, ihn zusammen mit anderem alten Krempel wegzuschmeißen...»

Plötzlich erschallte ein Brüllen aus dem Atelier:

«Du hast... WAS???»

Die Räder des Rollstuhls stießen gegen den Türrahmen. Régine rollte zurück, um die Kurve besser zu nehmen.

«Nun ja...»

«Bist du denn nicht ganz richtig im Kopf?...», brüllte Friedlance am Rande der Hysterie.

Seine Gattin antwortete spitz.

«Doch, meinem Kopf geht es sehr gut, im Gegensatz zu meinen Beinen. Heute morgen habe ich in deinem Horoskop im *Parisien* gesehen, dass Saturn in Opposition zur Venus geht, und davon auch die Himmelshäuser XI und V betroffen sind. Das hat mir nicht gefallen … Zumal es da eine böse Reminiszenz an dein Geburtshoroskop gibt …»

Fridelance erschien wieder im Wohnzimmer. Sein für gewöhnlich schon blasser Teint war kreideweiß geworden.

«Régine … Weißt du, wie viel dieser Hocker wert war?»

Die Querschnittsgelähmte grinste hämisch:

«Scheußlich wie er ist, sicher überhaupt nichts. Du brauchst dir nur einen neuen bei Ikea zu kaufen. Ich habe ihn fortgeworfen, weil die Sterne dir diese Woche raten, dich von altem Plunder zu befreien, die dir in diesem Moment Unglück bringen können!»

«Du hast gut reden, von wegen Unglück, Ginette …», stöhnte Fridelance und hob die Stimme genug, um das Dröhnen des Müllwagens zu übertönen, der in die Straße einbog. «Dieser Hocker ist … war … mindestens HUNDERTTAUSEND EURO wert!!! … Und du hast ihn auf den Müll geworfen …»

Das höhnische Grinsen seiner Gemahlin wurde zu einem brüllenden Lachen:

«Hunderttausend Euro? … Du hast getrunken, mein armer Ambroise … Dein Verleger hat dich in die Eckkneipe geführt, statt dir deine Lohnerhöhung zu gewähren … Hab ich recht?»

Fridelance ließ sich in einen Sessel fallen, den Kopf in den Händen.

«Aber nein! Ich habe nicht getrunken!... Dieser Hocker trug die Signatur von Paul Leneuf!»

«Dennoch war an dem nichts neu![1] Du bist ja völlig übergeschnappt... Geh lieber und kauf mir meine *Télé 7 jours*! Und wenn du unbedingt darauf bestehst, hol deinen Hocker zurück... Er muss bei den Mülltonnen auf dem Trottoir sein, zumal die Müllabfuhr heute morgen nicht da war...»

Genau in dem Augenblick hielt der Müllwagen vor ihrem Wohnhaus.

Ambroise Fridelance stürzte hinaus, rutschte auf dem gebohnerten Parkett aus.

Draußen tauschten die afrikanischen Müllarbeiter inmitten eines Heidenlärms von zerbrochenem Glas und dem Aufprall von Kunststoff und Metall Rufe und Scherze aus.

«Vergiss die *Télé 7 jours* nicht!», brüllte Régine Fridelance aus ihrem Rollstuhl.

«Stop! Halt!...», schrie ihr Mann auf dem Trottoir der Rue Saint-Sébastien.

«Oh! He, was will der denn?», wunderte sich ein riesiger Afrikaner im Arbeitsoverall.

Die Autofahrer hupten die ganze Straße entlang, während der Illustrator wie vom Wahnsinn gepackt mit vorstehenden Augen Müllbeutel und Zeitschriften aus den Containern schleuderte.

---

1 Wortspiel: *Leneuf* (wörtl.) = «Der Neue». *Neuf* = neu *(Anm. d. Übers.)*.

Er brüllte:

«Mein Hocker! Da! Da! Da ist er! Ich kann ihn sehen ...»

«He, du spinnst wohl!», protestierte der Schwarze.

«He! Das reicht! Schnauze!», schrie ein zweiter Müllarbeiter auf das nächststehende Auto gemünzt.

«Ah, danke! ... Danke! ...», stammelte Fridelance den Tränen nahe und drückte den unversehrten Hocker gegen seine Brust. Äh, hier ... Da, ich habe einen ... oder zwei Euro ...»

«Oh! Schönen Tag noch, mein Freund!»

Als die Haustür zuschlug, richtete Régine Fridelance sich in ihrem Stuhl auf.

«Hast du ihn? Und meine Fernsehzeitschrift ...»

«Ich habe den Müllarbeitern das Geld gegeben ... Du kannst ja wohl noch fünf Minuten warten, oder? Es ist sowieso das Programm für nächste Woche ...»

Sie erwiderte schmollend:

«Ich wollte das Horoskop anschauen.»

«Und ich will unter den Hocker schauen», triumphierte er. «Ja!!! Da steht es, schau: ‹Ateliers Paul Leneuf›. *Er ist echt!* Der letzte Leneuf-Hocker auf der Welt! Wir sind reich, liebste Ginette! ... Schluss mit den Kreditkosten, den Verzugszinsen, der ständigen Angst ... Ich höre auf, wie ein Sklave für diesen Hund von Demare zu schuften ... Ich schicke ihm meine letzte Rechnung, und das war's! Das Erste, was ich mache, mein Schatz, ist, dir einen motorisierten Rollstuhl zu spendieren!... Und Urlaub und alles, was du willst...»

«Aber, nun ja, Ambroise», sagte seine Gemahlin mit skeptischer, weinerlicher Stimme, *«was für eine Geschichte ist denn das schon wieder?...»*

Koster/Bellios (1)

Nora Bellios fummelt umständlich eine Zigarette aus ihrer Chesterfield-Schachtel.

Polizeioffizier Koster zieht eilig ein Feuerzeug aus der Tasche und gibt ihr Feuer. Die Journalistin dankt ihm mit einem koketten Blick. Dann seufzt sie, entspannt sich auf dem Sofa, streicht mit einer trägen Bewegung über den Seidenschal, der ihren rechten Gipsarm in einer Schlinge hält, und schlägt die Beine übereinander, wodurch ihr Rock bis weit über ihre Knie hinaufrutscht.

«Ach, Ambroise Fridelance... Was für ein bescheuerter Name. Ich habe ihn gegen 84 oder 85 auf der Uni kennengelernt... In Kunstgeschichte.»

«Und was für einen Eindruck hat er auf Sie gemacht, Mademoiselle Bellois?»

«Oh, gar keinen. Ein langer Dürrer, sicher noch unberührt, der errötete und stammelte, sobald er

mit den Mädchen redete… ein ziemlich anrührender Fall. Einmal hat er mich ins Kino eingeladen, ich hätte besser daran getan, abzulehnen; er hat versucht, seine Hand auf meine Schulter zu legen, ich musste ihm erklären, dass ich schon einen Freund hatte… Ich habe einen kläglichen Nachmittag mit ihm verbracht, ein echter Alptraum. Danach habe ich ihn nie wieder gesehen… Entschuldigen Sie, ich würde Ihnen gern etwas zu trinken anbieten Monsieur Polizeioffizier, aber mit meinem Arm…»

«Ja, dieser dicke Gips muss lästig sein… Wie ist das passiert?»

Nora weist mit einem Lächeln zu der Treppe hinten in der Wohnung.

«Ein übler Sturz. Die Künstlerateliers mit Zwischengeschoss und allem sind Mode, aber die Treppen sind steil. Drei gebrochene Rippen und dieser komplizierte Oberarmknochenbruch… Ich muss den Gips noch sechs Wochen tragen! Na ja, zum Glück bin ich Linkshänderin. Das ist seltsam, es ist an demselben Tag passiert wie die Katastrophe, die dieser Schwachkopf ausgelöst hat…»

Polizeioffizier Koster runzelt die Stirn.

«Kommen wir auf diese unglückliche Geschichte zurück… Als Ambroise Fridelance Sie letzten September angerufen hat… Wie hat er Sie wiedergefunden?»

Nora Bellois zuckt mit den Schultern.

«Übers Minitel, vermute ich. Er hatte meinen

Namen in der Zeitung wiedererkannt, in meiner Rubrik über das Auktionshaus… Ich, ich hatte diesen Typ fast vergessen…»

4

Die ein wenig stammelnde Stimme knisterte unangenehm im Hörer:

«Ah, das kommt mir ganz komisch vor, nach all der Zeit… Darf ich Sie Nora nennen?»

«Von mir aus», erwiderte die Feuilletonistin leicht genervt. «Sie, äh, Ambroise war der Name, nicht wahr?»

Fridelance antwortete begeistert:

«Ja, ja, nennen Sie mich Ambroise! Wir können uns auch duzen, wenn Sie… äh, wenn du nichts dagegen hast, Nora.»

«Warum nicht?»

Er schien die Kälte der Erwiderung überhaupt nicht zu bemerken. Und legte gleich los:

«Also, ich will dich nicht stören, du bist bestimmt sehr beschäftigt, aber…»

«Ziemlich, ja…»

«Es ist wegen einer Auskunft… Also, ich habe da etwas zu verkaufen, und meine Frau…» (Er gluckste albern.) «Aber ja, ich bin verheiratet… Meine Frau will, dass ich einfach wieder in das Geschäft gehe, aber ich bin sicher, dass man mich dort übers Ohr hauen wird…»

«Hören Sie, Ambroise, ich verstehe kein Wort von dem, was Sie ...»

Ihr ehemaliger Kommilitone lachte auf:

«Nein, aber du kannst mich wirklich duzen, glaub mir ... Also, ich erklär es dir, Nora: mein Vater hatte aus Afrika ein altes Möbelstück mitgebracht, einen Hocker ...»

Sie unterbrach ihn:

«Das Beste ist, ihn auf dem Flohmarkt zu verkaufen.»

Erneutes leises Lachen.

«Nein, nein, der ist wertvoll, glaub mir ...»

Nora Bellois seufzte.

«Ambroise, die Leute sind immer überzeugt, dass ihre Sachen wertvoll sind. Ich verstehe nicht recht, warum Sie mich anrufen ... Ich bin keine Expertin ... Und jetzt muss ich einen Artikel fertig schreiben, wenn Sie nichts dagegen haben.»

«Aber Nora, warte, dieser Hocker ist einmalig auf der Welt!», protestierte Fridelance entrüstet. «Ich verstehe ja, dass du zu tun hast, aber er trägt die Signatur von Paul Leneuf!»

Es war einen Moment still.

Dann sagte Nora:

«Wie bitte?»

«Ja, Paul Leneuf», wiederholte der andere mit neu erwachender Selbstsicherheit. «Es ist einer der vier dreibeinigen Hocker vom Flughafen von Bamako.»

Die Stimme der Auktionsberichterstatterin war wie ausgewechselt.

«Ah, Ambroise! Entschuldigen Sie, ich war gerade ein wenig im Stress... Sie... Du... Äh, bist du wenigstens sicher, dass das Stück echt ist?»

«Aber ja. Ich habe den Stempel ‹Ateliers Leneuf› auf der Unterseite gesehen. Mein Vater war Ingenieur am Flughafen von Bamako, weißt du... Ich bin dort aufgewachsen...»

«Nein, das wusste ich nicht... Wie interessant... du musst eine aufregende Kindheit gehabt haben... Afrika... der Dschungel... die Tamtams...»

«Ach was, wir haben in der Stadt gelebt, daher...»

«Ach doch, trotzdem! Ich kannte nur Neuilly, als ich klein war...» (Sie scheint einen Augenblick nachzudenken.) «Also, sag mir, Ambroise... Diesen Hocker... Du willst ihn verkaufen, ist es das?...»

«Nun ja... So teuer wie möglich.»

Nora Bellois schob ihre Computertastatur zurück, nahm eine Chesterfield aus der Schachtel auf ihrem Schreibtisch und steckte sie an.

«Und, äh, hast du eine Preisvorstellung?»

«Die junge Frau in der Galerie in der Rue Mazarine sprach von hunderttausend Euro...»

Die Journalistin blies den Rauch langsam durch die Nasenlöcher aus.

«Ja... Das ist gut möglich... Vielleicht sogar mehr... Nun ja, ich will dir keine falschen Hoffnungen machen, aber... Jedenfalls hast du recht, geh auf *keinen Fall* in diesen Laden zurück: sie würden dir nur ein Drittel geben!»

Am anderen Ende der Leitung hüpfte Fridelance auf der Stelle.

«Ah! Das dachte ich mir schon… Siehst du, Régine? Nur ein Drittel! Warte, ich stelle den Lautsprecher an… Entschuldige, Nora, ich habe gerade mit meiner Frau gesprochen… Wir hatten einen Unfall mit dem 2CV, und seitdem ist die Arme behindert… Also, was soll ich tun?»

«Auf jeden Fall war es eine sehr gute Idee, mich anzurufen! Und vor allem, Ambroise, sei vorsichtig, sprich mit niemandem darüber!»

«Mit niemandem? Wenn ich aber einen Käufer finden will…»

Nora Bellois lachte rau.

«Ohne mich lässt du dich nur übers Ohr hauen. Dieses Milieu ist der Dschungel. *Der Dschungel!* Hör zu, Ambroise…»

«Ja, Nora.»

Sie zog an ihrer Chesterfield, pustete hastig den Rauch aus, dann:

«Du hast zwei Lösungen: entweder du hast Glück und findest den direkten Kunden, den Sammelfreak, der alles kauft, was Leneufs Signatur trägt. Schwierig. Diese Leute sind diskret und kaufen durch die Vermittlung eines Agenten oder in Galerien wie die in der Rue Mazarine… Oder du gibst deinen Hocker bei Drouot zur Versteigerung...»

«Äh, ist da nicht auch noch dieses Ding in London… Sotheby's oder Christie's…»

Die Antwort kam wie aus der Pistole geschossen:

«Doch, aber da wirst du ordentlich gerupft, das sind Haie … Sie drücken dir die höchstmöglichen Kosten auf … Ganz zu schweigen vom Transport, der Versicherung, dem Eintrag in den Katalog … Und ihre internationalen Anwaltskammern im Rücken, wenn du nicht einverstanden sein solltest … Nein, vertrau mir, Ambroise!»

In der Rue Saint-Sébastien warf der Illustrator einen gerührten Blick in Richtung Telefon.

«Ja, ich vertraue dir, Nora. Ach, was für ein Glück, dass ich mich an dich erinnert habe … Weißt du noch, die Uni: wir waren sogar zusammen im Kino … Was für einen Film haben wir uns nochmal angesehen? …»

«Ähm, ja, ich weiß nicht mehr genau. Nun, jedenfalls kümmere ich mich um deinen Hocker, das hat absolute Priorität … Ich glaube, bei einem guten Verkauf bei der Versteigerung wirst du den besten Preis erzielen … Ich rufe dich zurück, sobald ich die *beste* Auktion und den *besten* Auktionator gefunden habe … Hast du eine Handynummer?»

«Aber natürlich, Nora …»

Koster/Mathilde (1)

Der Ton des Chirurgen ist professionell und besorgt.

«Nun gut, hören Sie, Inspecteur, ich will Sie Mademoiselle Macquart gern ein paar Fragen stellen lassen, aber… nicht lange, hm! Ihr Zustand macht mir Sorgen.»

Polizeioffizier Koster nickt.

«Sie hat mehrere Brüche erlitten, stimmt's?»

«Rechter Schenkelhalsbruch, linker Schien- und Wadenbeinbruch, Schlüsselbeinbruch, rechter Oberarmknochen- und linker Unterarmbruch… Schädelbruch. Das Ergebnis eines Sprungs aus dem Fenster, um dem Feuer zu entkommen… Aber am ernstesten sind ihre Verbrennungen… Da ist etwas Seltsames, das habe ich noch nie zuvor gesehen…»

«Was denn, Doktor?...»

Der Arzt stößt die Zimmertür auf.

Eine junge Frau liegt unter Bewachung einer Krankenschwester mit geschlossenen Augen auf dem Bett. Das rechte Bein ist ganz in Gips und hängt an einer komplizierten Vorrichtung aus Rollen und Gegengewichten. Ihre anderen Glieder sind ebenfalls ruhiggestellt und mit Verbänden umwickelt. Ein blassblaues Nachthemd verbirgt die Binden um Oberkörper und Brust. Zwischen den dicken Kopfverbänden ist über einer weißen

Kunststoffhalskrause ein hübsches, fiebriges Gesicht zu erkennen.

«Die Verbrennungen breiten sich weiter aus, Inspecteur Koster…», fährt der Chirurg mit leiser Stimme fort. «Als würde die Kranke von innen heraus *weiter brennen…»*

Der Polizeibeamte tritt auf Zehenspitzen näher.

Die Krankenschwester flüstert:

«Sie können nun anfangen… Ermüden Sie sie nicht…»

Die Verwundete schlägt die Augen auf. Über ihre Lippen kommt ein langes, klagendes Stöhnen.

Der Polizist zieht einen Stuhl heran, setzt sich und holt sein Notizbuch aus der Tasche.

«Mademoiselle Mathilde Macquart… Es tut mir leid, dass ich Sie in Ihrem Zustand belästigen muss… Polizeioffizier Denis Koster…»

Das fiebrige Gesicht verzerrt sich zu einer Grimasse aus Schmerz.

«Ich habe schon mit der Polizei gesprochen… Lassen Sie mich…»

«Nur ein oder zwei Fragen, Mademoiselle Macquart. Ein oder zwei Punkte klarzustellen, das würde mir helfen, den Fall endgültig abzuschließen. Zunächst: welcher Art war Ihr erster Kontakt zu Ambroise Fridelance?»

Die Grimasse wird noch schmerzverzerrter.

«Ich… ich will nie wieder etwas von diesem Menschen hören… Oooh… Mir geht's schlecht…»

«Dennoch waren Sie es, die Kontakt zu ihm aufgenommen hat?»

Sie versucht trotz der Halskrause mit dem Kopf zu schütteln.

«Nicht ich… Mein Vater…»

«Erzählen Sie.»

«Ich bin in das Büro meines Vaters gekommen… Nora Bellois war auch da, die Journalistin…»

Polizeioffizier Koster wedelt mit seinem Notizbuch.

«Ja, ich habe sie heute früh befragt. Das ist kurios, sie ist an demselben Tag gestürzt wie Sie.»

«Nora Bellois war am Telefon… und sprach mit diesem… Fridelance. Mein Vater hörte zu, Nora hatte den Lautsprecher des Geräts eingestellt. Ich habe… Ich habe das Gespräch mitbekommen…»

5

«Ambroise, ich rufe dich von Maurice Macquart aus an, Sachverständiger für Möbel aus dem XX. Jahrhundert. Ein alter Freund… Ich glaube, das ist wirklich die beste Wahl für deinen Hocker.»

Nachdem er ein «ach ja?» gefolgt von überschwänglichem Dank gestammelt hat, wendet Fridelance sich vertraulich an seine Frau:

«Hörst du, liebste Ginette? Das ist Nora Bellois!»

Während seine ehemalige Studienfreundin fortfährt:

«… weil Maurice gleichzeitig Gutachter und Auktionator ist. Und außerdem hat er eine bedeutende Kundschaft in den USA… Sein Auktionshaus organisiert bei der Möbelausstellung am Vortag jeder Versteigerung Mega-Cocktails für Kunden und Verkäufer. Und wie der Zufall es will, bereitet das Haus Macquart gerade… Warte, Maurice erklärt dir das am besten selbst…»

Fridelance hörte Geflüster am anderen Ende der Leitung, dann übernahm eine volltönende Stimme:

«Monsieur, äh, Frilance?»

«Fri*de*lance.»

«Angenehm, Monsieur Fritelance. Nora – die eine alte Freundin ist, nicht wahr – sagt mir, dass Sie im Besitz eines, äh… Hockers von Paul Leneuf sind?»

Auf Seiten der Rue Saint-Sébastien überschlugen sich die Worte in einem aufgeregten Schwall:

«Ja, er kommt aus… Na ja, ich meine, mein Vater hat ihn vom Flughafen von Bamako mitgebracht… Äh, Ende der sechziger Jahre, als wir nach Paris zurückgekehrt sind…»

In förmlichem Ton, der an eine bedeutende Persönlichkeit in der Provinz erinnert:

«Das ist interessant. Höchst interessant. Hören Sie, Monsieur Fritance, wie der Zufall es will, veranstaltet mein Auktionshaus just nächsten Monat eine Prestige-Versteigerung... im Hôtel Drouot… die Möbeln diesen Typs gewidmet ist. Le Corbusier, Charlotte Perriand, Jean Prouvé etc. Ein Stück von Leneuf würde sehr gut passen… Vor allem, wenn es ein ungewöhnliches Stück ist… Wenn nicht gar außergewöhnlich…»

«Und was für ein außergewöhnliches Stück das ist! Ich habe mir sagen lassen, dass der Hocker sehr, sehr rar ist!… Nora Bellois ist auch dieser Ansicht! Es gab nur vier davon! Die drei anderen sind verschütt gegangen!… Während des Staatsstreichs verschwunden… Bei der Plünderung dieses Flughafens…»

«Ja, ja… Schon möglich.»

Der andere blieb vorsichtig, was Proteste beim Verkäufer hervorrief:

«Aber sehen Sie doch! Wenn es der letzte ist, bedeutet das, dass mein Hocker *einmalig* auf dieser Welt ist!…»

«Ja, ja… Nun, man soll nichts überstürzen. Am besten schaue ich mir das Stück mal an… Können Sie es vorbeibringen?»

«Bei Ihnen?», staunte Fridelance verdutzt, dann misstrauisch.

«Nun ja, hier, im Sekretariat des Hauses Macquart. Nur zwei Schritte vom Auktionshaus… Keine Sorge, meine Tochter wird Ihnen einen Lagerschein ausstellen… Je schneller, desto besser, am besten gleich morgen: wir müssen für den Katalog alle Möbelstücke im Studio unseres Fotografen fotografieren… um ein harmonisches Ganzes zu erzielen, verstehen Sie…»

«Ja, natürlich, ich… Ich verstehe!»

«Sie werden sehen, vielleicht werden wir bei der

Versteigerung eine schöne Überraschung erleben… eine *exzellente* Überraschung…»

Koster/Mathilde (2)

«Oh, mir geht's schlecht…»

Polizeioffizier Koster neigt sich zu der Verwundeten, betrachtet eingehend ihre von Verbänden umwickelten und durch Gips ruhiggestellten Glieder. Dann:

«Eine Frage noch, entschuldigen Sie, Mademoiselle Macquart: waren Sie es, die den Hocker am nächsten Tag in Empfang genommen hat?»

Mathilde schafft es, einen ihrer beiden gebrochenen Arme schwach anzuheben.

«Ja… Ooh, mir geht's schlecht… Lassen Sie mich sterben… Ich habe überall Brüche, ich leide, ich brenne, können Sie denn kein Erbarmen haben…»

«Was für einen Eindruck hatten Sie von Ambroise Fridelance?», fährt der Polizist unbeirrt fort.

Die Tochter des Auktionators blinzelt unter ihrem Helm aus Verbänden. Eine Träne quillt hervor, läuft ihr über die Wange.

«Er… er wirkte jämmerlich… Und nervös, ein-

geschüchtert… Aber trotzdem eigentlich ganz nett, ich konnte ja nicht ahnen, dass… Ooh, mir geht's schlecht… dass er ein gefährlicher Irrer war…»

6

Ambroise Fridelance legte seinen Löffel zurück in den Teller und bedachte seine Gattin mit einem zärtlichen Blick.

«Schmeckt dir meine Gemüsesuppe? Danach habe ich dir Rosenkohl gemacht… Ich weiß doch, dass du die magst, liebste Ginette.»

«Du hast zu viel Salz dran getan», erwiderte die Querschnittgelähmte säuerlich.

«Ich hab nicht aufgepasst… Ich bin ganz schön im Stress… Die Sache mit unserem Hocker und dazu auch noch die Illustration für den *Demare Verlag*, die ich am Montag abgeben muss…»

Seine Gattin lachte höhnisch:

«Noch ein Roman über Zombies oder Massaker mit der Motorsäge?»

«Nein, das ist etwas Afrikanisches… ‹Tamtam der Angst› … Es ist nicht besonders gut… Euloge Zomba, der Typ, der das geschrieben hat, ist sichtlich ein Dilettant…»

«Und worum geht es da?»

Der Illustrator lächelt ironisch, während er sich Suppe nachschöpft.

«Tja… Der Held ist ein junger Schwarzer, der

nach Paris geht, er ist sehr gut aussehend und hochintelligent. Anfangs hat er eine Stelle bei den Elektrizitätswerken, in der Buchhaltung, und sämtliche Tussis in dem Schuppen sind verknallt in ihn… Er weiß vor lauter Erfolg gar nicht mehr, wo ihm der Kopf steht, und dann lässt er sich eines Abends in einer Nachtbar von einer sehr schönen, sehr reichen, sehr rätselhaften Frau anbaggern…» (Régine Fridelance lacht hämisch und laut.) «Ah, aber ich hab dir doch gesagt, dass es total bescheuert ist.»

«Erzähl trotzdem…»

«Dann nimmt die steinreiche Tussi – ihr Name ist Elvyra – den jungen Schwarzen mit zu sich nach Hause in eine Art Ruinenschloss…»

«Ja… Und dann?»

«Dann, im Bett, versucht sie, ihn in den Hals zu beißen, und er merkt, dass sie ein Vampir ist!»

Das sarkastische Lachen der Ehefrau ertönt erneut.

«Ah, ja, wie originell…»

«Ja, nicht wahr. Dann läuft der junge Schwarze davon, Elvyra ist schrecklich enttäuscht, stell dir vor, das war der gut aussehendste Kerl, der ihr je begegnet war… Dann rächt sie sich auf ziemlich schäbige Art… Bei den Elektrizitätswerken beginnt es für den jungen Afrikaner zu kriseln: sein Chef zitiert ihn zu sich, er wird völlig ungerechterweise entlassen, denn er war wirklich ein beispielhafter Leiter der Buchhaltung, der Autor kann das gar nicht oft genug wiederholen, so oft, dass es dem Leser lästig wird... und dann begreift der junge Mann, dass der Vampir aus dem Schloss für das Ganze verantwortlich war... und dann schickt er ihr zur Vergeltung einen schrecklichen Fluch... den Fluch ‹des völligen Ruins und der totalen Zerstörung›, den sein Großvater, ein alter Marabut, ihn gelehrt hatte...»

«Hm... was für ein primitives Szenario.»

«Hab ich doch gesagt. Das soll mich nicht daran hindern, ein gutes Cover für das Buch zu machen... Du wirst sehen, ich habe den Vampir unter seinem Nerz nackt gemalt, und außerdem ein Tamtam und eine Fratzen schneidende Negermaske dahinter...»

«Schenkst du mir noch etwas Wein ein?»

Fridelance kam der Aufforderung schleunigst nach.

«Hier, entschuldige, liebste Ginette, ich hab dich ganz vergessen... Nein, das Merkwürdige an dem Buch ist, dass manches hier und da bemerkenswert genau geschildert ist...»

«Was, zum Beispiel?»

Ihr Gatte sah sie listig an.

«Nun, vor allem die Rezepte der afrikanischen Magie. Da war eins, das war so leicht nachzumachen, dass ich mir einen Spaß daraus gemacht habe, Demare diesen kleinen Fluch zu schicken...»

Die Querschnittsgelähmte erblasste.

«Das soll wohl ein Witz sein, Ambroise?»

Der Illustrator zuckte mit den Schultern und machte ein schiefes Gesicht.

«Nun, nein. Er hätte eben nicht ablehnen dürfen, der alte Geizhals, als ich ihn um eine Lohnerhöhung gebeten habe ...»

Régine Fridelance wand sich in ihrem Stuhl.

«Mit der Magie soll man nicht spaßen.»

«Aber das ist keine Magie. Das war nur Blödsinn ...»

«Trotzdem. Der Wille zählt. Wenn man anderen etwas Böses wünscht, folgt immer eine ‹magische Gegenreaktion›. Was hast du Monsieur Demare gewünscht?»

Fridelance lächelte.

«Ähm, dem Buch zufolge ist das nur ein harmloser Fluch. Alles, was passieren kann, ist, dass er ein wenig Fieber bekommt, hustet oder Pickel kriegt ...»

«Na ja, pass auf, dass du nicht selber krank wirst! Zumal dein Horoskop von Schmerzen oder Neuralgien spricht, die den Kopf, die Schulterregion und die Arme befallen können ... Es ist dieser Transit des Uranus über eine Quadratur des Merkurs, der derzeit für einen schlechten Klimaeinfluss bei dir sorgt ... Sieh dich vor, lieber Ambroise!»

Der Illustrator stand verärgert auf.

«Hör zu, Ginette, das geht so ...»

Dann beruhigte er sich angesichts ihres wenig freundlichen Blicks.

«Na gut, ich bring dir den Rosenkohl aus der Küche ...»

Die Stimme der Behinderten wurde lauter, je weiter er sich in der Wohnung entfernte:

«Und während einer Dissonanz zwischen Saturn und Merkur soll man keine Rückzahlungen schleifen lassen ... Apropos Elektrizitätswerke, hast du ihre Mahnung in der Post von heute früh gesehen? Und dann ist da auch noch die Miete, den Brief hast du nicht mal aufgemacht ...» (Sie liest sehr laut.) «Madame, Monsieur ... Wir erinnern Sie daran, dass Ihr Konto, sollte die Zahlung sich nicht mit dem vorliegenden Brief gekreuzt haben, einen Sollsaldo von 3 087,73 Euro aufweist ... Geht von Ihnen in einer letzten Frist von zehn Tagen vom Erhalt der vorliegenden Mahnung an keine Zahlung ein, leiten wir rechtliche Schritte gegen Sie ein und ...»

Ambroise Fridelance kehrte mit dem Rosenkohl zurück, der in seiner Schüssel dampfte.

«Hör auf, Régine, diese Art Post bringt mich auf die Palme ...»

«Ich könnte dir auch den freundlichen Inkassobescheid der Sozialversicherung vorlesen ...»

Verzweifeltes Seufzen:

«Nun mach dir doch keine Sorgen, verdammte Scheiße nochmal! In einer Woche geht der Hocker zur Versteigerung, und die Firma Macquart stellt uns einen Scheck über hunderttausend Euro aus ... Äh, abzüglich ihrer Gebühr, aber das ist immer noch ein hübsches Sümmchen! Wir begleichen all unsere Schulden auf einen Schlag! Die Miete, die Sozialversicherung, die Elektrizitätswerke, die Télécom ...»

«Hat dieser Monsieur Macquart dich zurückgerufen, um dir zu sagen, auf wie viel er diesen berühmten ‹Leneuf-Hocker› schätzt?»

«Äh… nein, aber er wird es jeden Moment tun! Seine Tochter hat es mir versprochen, als ich ihr den Hocker gebracht habe…»

«Du hättest ihnen diesen Hocker nicht überlassen sollen, Ambroise… Ich habe eine böse Vorahnung.»

Fridelance hob wütend die Hände:

«Jetzt reicht's aber! Wir gehen keinerlei Risiko ein: wie haben den Beweis *schwarz auf weiß*, dass der Hocker mir gehört! Die Macquart-Tochter – eine hübsche Nana, nebenbei, von der todschicken Sorte – hat mir eine Kopie des Lagerscheins mit meiner und ihrer Unterschrift gegeben…»

«Hast du auch genau gelesen, was du da unterschrieben hast, Ambroise? Statt nach ihrem niedlichen Gesicht zu schielen und deinen lasterhaften Blick über ihren Busen und ihre todschicken Beine schweifen zu lasen?…»

«Pah! Aber natürlich habe ich alles gelesen! Da stand einfach nur ‹Lagerschein› ...»

Koster/Demare (2)

«Rraah! Ah, was für eine Sauerei! Es juckt mich überall!...»

Das Husten des Verlegers ist markerschütternd. Polizeioffizier Koster bringt ein bekümmertes Lächeln hervor.

«Monsieur Demare, eine letzte Frage, und ich lasse Sie in Ruhe: als Ambroise Fridelance Montag mit der fertigen Illustration wieder zu Ihnen gekommen ist... hat er da von diesem Möbelstück gesprochen, das er zu verkaufen beabsichtigte?»

«Von diesem Hocker?» (Husten.) «Und wie er davon gesprochen hat! Angeblich würde er ihn reich machen... So dass er nicht mehr für mich zu arbeiten bräuchte...»

Das Lachen erstirbt in einem furchtbaren Husten.

«Geht's, Monsieur Demare? Möchten Sie ein Glas Wasser?»

«Rrraaaah... Ja, danke... Aaaah... Was für ein Jammerlappen, dieser Fridelance... Ich habe ihm erklärt, dass er im Begriff war, eine große Dummheit zu begehen...»

7

«Eine Dummheit, Monsieur Demare? Wollen Sie sagen, dass ich meinen Hocker nicht verkaufen sollte?»

Serge Demare lachte hinter seinem Schreibtisch:

«Verkaufen ja, mein lieber Ambroise! Aber nicht bei der Versteigerung... Versteigerungen sind eine Falle für Dummköpfe!» (Er wurde von einem Hustenanfall unterbrochen.) «Sie sollten den Kunden direkt finden... Ich kann mich für Sie umhören, ich kenne Leute, wissen Sie...»

Er erhob sich halb und brüllte in Richtung des Nachbarbüros, in dem seine Sekretärin saß:

«Hier, Nicole, das Coverdesign für ‹Tamtam der Angst›... Schicken Sie es per Kurier zum Photograveur, und zwar dalli!»

Die Sekretärin, eine schlaffe Rothaarige, die auf die Fünfzig zuging, kam herüber und nahm die Illustration, auf der unter einem schützenden Transparentpapier eine sexy Brünette, nackt unter ihrem Pelzmantel, den Leser des populären Romans reißerisch anlächelte.

Demare seufzte.

«Ah, ich weiß nicht, was seit zwei Tagen mit mir los ist... Fieber, ich huste, und dann diese kleinen roten Pickel, die jucken... Und ich habe keinen Appetit mehr, ich, der normalerweise für vier isst! Nicht mal mehr Lust auf eine gute Zigarre...»

«Ach ja?» fragte Fridelance scheinbar besorgt und unterdrückte nur schlecht ein zufriedenes Lächeln. «Ähm, vielleicht ist es eine Allergie ...»

«Vielleicht ...» (Er hustete.) «Nun, Ihre Illustration ist großartig, mein lieber Ambroise. Ah, diese Vampirfrau ... die ist echt geil, so nackt unter ihrem Nerz ... Dieses Buch wird sich gut verkaufen, das spüre ich. Für die Mühe werde ich einen seriösen Sammler für Sie finden, der Ihnen einen guten Preis für diesen Hocker bieten wird ...»

«Danke, Monsieur Demare, aber ich versuche es erst mit dieser Auktion. Bei Versteigerungen, da können die Gebote steigen ... Sogar Monsieur Macquart hat gesagt: ‹Sie werden sehen, vielleicht werden wir bei der Versteigerung eine *exzellente* Überraschung erleben ...›»

Der Verleger fuhr hoch und, sich vorbeugend:

«*Wer* hat Ihnen das gesagt?»

Fridelance machte große Augen.

«Aber ... Maurice Macquart. Der Auktionator ...»

«Ha! Auktionatoren sind alle Gauner. Haben Sie Ihren Hocker wenigstens durch einen Sachverständigen begutachten lassen?»

Der andere schüttelte den Kopf, plötzlich leicht beunruhigt.

«Na ja, das war nicht nötig ... Zumal Monsieur Macquart ja Gutachter ist ...»

«WAS?»

«Aber ja. Sein Auktionshaus macht sowohl Gutachten als auch die Versteigerung im Hôtel Drouot. Besondere Versteigerungen, ‹Prestigeversteigerungen› …»

Demare lachte auf.

«Also wenn ich ‹Prestigeversteigerung› höre, ziehe ich meinen Revolver. Mein armer Ambroise! … Ich habe den Eindruck, dass Sie im Begriff sind, sich bis auf die Knochen ausziehen zu lassen. Gleichzeitig Gutachter und Auktionator ist eine teuflische Kombination …»

«Aber Monsieur Demare … Es war die Journalistin Nora Bellois, eine ehemalige Studienfreundin und Spezialistin für Versteigerungen, die mir das geraten hat, als ich ihr von dem Hocker erzählt habe …»

Demare hob die Hand.

«Stop! Eine Frage: Ihre Freundin, Nora Dingsbums … sie hat Ihnen in dem Moment nicht zufällig gesagt: ‹Und sprechen Sie ja mit niemandem darüber›?...»

Fridelance überlegte. Ein paar Schweißperlen standen ihm auf der Stirn.

«Ähm, doch, ich glaube schon, aber …»

Aus dem lauten Auflachen des Verlegers wurde Husten.

«Na bitte! Das war der Test! Ihre Freundin wird bei dem Geschäft ihre Provision einsacken!»

Der andere riss die Augen auf.

«Ihre Provision, Monsieur Demare?»

Mitleidiges Seufzen:

«Nun, ich werde Ihnen die Masche erklären, mein armer Fridelance. Haben Sie eine Ahnung, wie viel Ihr Möbelstück wert ist, dieser Hocker da im Design der fünfziger Jahre?»

«Die junge Frau in der Möbelgalerie bei Ihnen unten hat von hunderttausend Euro gesprochen …»

«Angenommen, sie hat recht. In dem Fall muss Ihr Gutachter-Auktionator da, dieser Macquart, sich das Gleiche gesagt haben, und sogar noch mehr, weil der Preis mit der Zeit weiter steigen wird … aufs Doppelte und Dreifache … Und dieser Typ, der ist schon stinkreich: daher kann er es sich leisten, zu warten, im Gegensatz zu Ihnen, der vermutlich in Schulden steckt …»

Fridelance nickte stirnrunzelnd.

«Ja, aber ich verstehe nicht recht …»

«Im Katalog wird dieser fiese Macker von Macquart den Hocker nur auf zwanzigtausend Euro schätzen …»

Der Illustrator fuhr mit einem entsetzten Ausruf von seinem Stuhl hoch.

«*Zwanzigtausend* Euro?»

«Sagen wir, zwanzigtausend nach unterer Schätzung und fünfunddreißigtausend nach oberer, nur, um Ihnen ein wenig Hoffnung zu machen, und damit Sie den Versteigerungsauftrag unterschreiben …» (Er gluckste.) Auf jeden Fall werden sie Sie durch das neue Gesetz zwingen, Ihren festgesetzten Mindestpreis nach der unteren Schätzung zu richten.»

«Mein… festgesetzter Mindestpreis?», stammelte Fridelance.

Sein Chef fuhr in ungeduldigem Ton fort:

«Ja, der Preis, unter dem Sie sich weigern, zu verkaufen, und Ihren Gegenstand wieder mitnehmen, wenn dieser Preis auf der Versteigerung nicht erreicht wird. Was Sie, nebenbei gesagt, die Gebühr für den Rückkauf kosten wird.» (Er überlegte:) «Also, 17 % von zwanzigtausend Euro…»

Fridelance stand noch immer vor dem Schreibtisch und rang die Hände.

«Aber das wird nicht passieren! Wenn mein Hocker hunderttausend Euro wert ist, und in Zukunft sogar noch mehr, wie Sie sagen, wird es zwangsläufig mehrere äußerst interessierte Käufer geben, wodurch die Gebote steigen werden…»

«Da liegt der Haken, mein lieber Ambroise. Ihr Auktionator wird mit einem der großen Möbelhändler am Place de Paris unter einer Decke stecken, *der als Einziger mehr bieten wird*… Zuvor werden sie sich alle untereinander mit den anderen Händlern abgesprochen haben: kleine Gefälligkeiten oder ein Auftrag oder das Versprechen, den anderen nächstes Mal ein gutes Geschäft machen zu lassen…»

«Aber… selbst in dem Fall, Monsieur Demare… Es kann immer noch ein unabhängiger oder fremder Käufer auftreten…»

Demare brach in kurzes Hohngelächter aus.

«Wenn dieser auftritt, wird er nicht berechtigt sein, mehr zu bieten. Ich bin sicher, dass Ihr Auktionator ein System hat, um die Käufer zu kontrollieren...»

«Warten Sie...», sagte Fridelance immer verwirrter. «Mir scheint, dass... Als ich den Hocker abgeliefert habe, hat die Tochter Macquart mir erklärt – eben um mich zu beruhigen – dass sie zunächst die Zahlungsfähigkeit der Kunden überprüfen würden... dass diese sich am Vortag der Versteigerung einschreiben und ihre Bankverbindung angeben müssten... und auch genau angeben müssten, an welchem Stück sie interessiert seien...»

Der Verleger klatschte in die Hände.

«Ergebnis, Ihr Hocker wird zum Grundpreis weggehen: zwanzigtausend Euro, gekauft von einem Kumpel Ihres Auktionators Macquart. Die anderen potentiellen Bieter enthalten sich entweder in gegenseitigem Einvernehmen oder sind nicht berechtigt, an der Versteigerung teilzunehmen. In den folgenden Tagen lässt Macquart dem Scheinkäufer für seine Mühen eine kleine Gewinnspanne zukommen und nimmt ihm den Hocker wieder ab. Und der Gutachter-Auktionator befindet sich im Besitz eines prachtvollen Hockers im Wert von hunderttausend Euro und mehr, für den er knapp dreißigtausend bezahlt hat, Provision, Gewinnspanne und einige Gläser Wein inklusive. In einigen Jahren, sobald Ihr Leneuf am höchsten im Kurs steht, wird er ihn wieder zum Verkauf anbieten. Und dann wird er vielleicht bis zu zweihunderttausend Euro einstreichen!»

«Aber das wäre ja widerwärtig!», empörte sich Fridelance.

«Sie sagen es.»

«Aber was kann ich tun?»

«Vertrauen Sie ihnen auf keinen Fall den Hocker an.»

Er stöhnte:

«Aber ich habe ihn schon abgeliefert! Sie brauchten ihn für das Foto für den Katalog …»

«Ah, Scheiße. Haben Sie etwas unterschrieben?»

«Äh, glücklicherweise nur den Lagerschein …»

Demare kratzte sich am Kopf.

«Ich hoffe für sie, dass es keine besonderen Bedingungen gab, ganz klein gedruckt oder auf der Rückseite … Das ist auch einer ihrer Tricks …»

Fridelance ging im Zimmer umher.

«Ich glaube nicht … Ah, ich weiß nicht mehr …»

«Sie werden vielleicht einen guten Rechtsanwalt brauchen, mein lieber Ambroise. Wenn Sie keinen haben, kann ich Ihnen den Namen von meinem geben …»

Der andere hörte auf umherzulaufen.

«Wie heißt er?»

«Sie. Es ist eine Frau. Maître Françoise Rabichon-Loisel … Sie brauchen Nicole auf dem Weg aus dem Büro nur nach ihrer Adresse zu fragen …»

Fridelances Handy begann zu klingeln.

«Entschuldigen Sie. Hallo? Ja, liebste Ginette …» (Aus dem Gerät war Gekreische zu hören.) «Beruhige dich doch … Was sagst du da? Der Katalog aus dem Hause Macquart ist mit der Post gekommen? Ist dort ein Foto von dem Hocker?» (Erneutes Kreischen.) «Ein großes Foto? Ah, er ist gleich auf dem Umschlag? Äh, kannst du mal nachsehen, wie hoch er geschätzt ist? Was, wie viel?»

Serge Demare hustete und lehnte sich über seinem Schreibtisch vor.

«Und?»

Der Illustrator beendete das Gespräch, drehte sich um und, mit tonloser Stimme:

«Nach unterer Schätzung: zwanzigtausend Euro. Nach oberer: fünfunddreißigtausend Euro.»

Koster/Bellois (2)

«Mademoiselle Bellois?»

«Ja, ich bin's…»

«Äh, Polizeioffizier Koster am Apparat…»

Die Stimme der Journalistin wechselt sofort von Argwohn zu größter Liebenswürdigkeit.

«Ah, guten Tag, Inspecteur…»

«Ich wollte mich nach Ihnen erkundigen… Äh, wie geht es Ihrem verletzten Arm?…»

Nora Bellois antwortete in wehleidigem Ton.

«Ah, es ist nach wie vor äußerst lästig, diesen

Gips zu tragen… Und Sie, wie gehen Ihre Ermittlungen voran?…»

«Sie machen Fortschritte, sie machen Fortschritte… Gestern Nachmittag habe ich Mademoiselle Macquart im Saint-Louis Krankenhaus besucht… Die Arme, es geht ihr nicht besonders. Sie ist in einem üblen Zustand.»

«Das ist ein schreckliches Drama, Inspecteur», stöhnte die Feuilletonistin. «Und ich kann nicht anders, als mich verantwortlich zu fühlen… Schließlich habe ich sie einander vorgestellt, ihren Vater und diesen…»

Mit der linken Hand greift sie nach der Maus, klickt in ihrem Computer-Menü auf «Ausschalten» und unterbricht ihre Arbeit. Der Monitor knistert und erlischt.

«Da dürfen Sie sich nichts draus machen, Mademoiselle Bellois. Das ist Zufall.»

«Sie sind nett, Inspecteur. Übrigens können Sie mich Nora nennen. Nur weil Sie an diesem Fall arbeiten, brauchen Sie nicht so… amtlich mit mir zu bleiben.»

Aus dem Hörer dringt ein leises, verlegenes Lachen.

«Nun gut, wenn Sie möchten, äh…, Nora. Ich dachte gerade… Wissen Sie, da meine Frau sich derzeit im Ausland aufhält, habe ich nach der Arbeit reichlich freie Zeit. Hätten Sie vielleicht… Äh, ich würde Sie gern zum Essen ins Restaurant einladen, wenn Sie in der Verfassung sind, auszuge-

hen, Nora… Sagen wir, warten Sie, ich schaue in meinen Kalender: wie wäre es mit heute Abend?»

8

Die Sekretärin nahm beim ersten Klingeln ab.

«Auktionsbüro Macquart, ich höre…»

Fridelance sprudelte ziemlich aufgeregt hervor:

«Hallo? Ich… ich hätte gern Monsieur Maurice Macquart gesprochen…»

«Worum geht es?»

«Ich… Im Katalog muss ein Fehler vorliegen… Ich will nicht mehr verkaufen, ich hole meinen Hocker wieder ab!»

Am anderen Ende der Leitung herrschte einen Moment lang verdutztes Schweigen, dann:

«Warten sie, Sie sprechen zu schnell, ich habe Sie nicht verstanden. Sie sind Monsieur?…»

«Fri… Fridelance, Ambroise Fridelance. Geben Sie mir sofort Monsieur Macquart!…»

Die Sekretärin schlug einen spitzen Ton an.

«Monsieur Macquart hat einen Termin außer Haus, Monsieur Frilance.»

«Fri*de*lance, verdammt nochmal! Dann geben Sie mir seine Handynummer! Es ist dringend, Mademoiselle…»

«Ich bedaure, ich kann seine Nummer nicht weitergeben. Hören Sie, ich gebe Ihnen besser seine Tochter, Mathilde Macquart. Bleiben Sie dran…»

«Mademoiselle! Warten Sie …»

Der Anrufer durfte sich acht Minuten aus einem anmutigen Satz aus dem «Frühling» von Vivaldis *Vier Jahreszeiten* anhören, der in einer Warteschleife lief – mit einer kurzen Pause gefolgt von einem leisen, nervigen Klicken vor jedem neuen Durchlauf, der einen glauben machte, dass der Anschluss antworten würde, was Fridelance ein völlig sinnloses «Hallo?» entlockte.

Er fuhr hoch, als eine weibliche, junge, angenehme Stimme aus dem Hörer hallte.

«Mathilde Macquart am Apparat, ich höre …»

«Ich … Ich hätte gern Monsieur Macquart gesprochen …»

«Mein Vater ist außer Haus … Kann ich Ihnen weiterhelfen? Monsieur …»

«Fridelance, Ambroise Fridelance. Äh, ich glaube, wir sind uns neulich begegnet, als ich Ihnen den Leneuf-Hocker gebracht habe …»

Der freundliche Ton wurde eine Spur ironisch:

«Ich erinnere mich sehr gut, Monsieur Fridelance. Sie müssen zufrieden sein: das Foto im Katalog ist prächtig … Und das macht sich sehr gut auf dem Cover … Wir werden eine Menge Leute haben wegen Ihres Hockers …»

«Es geht nicht um das Foto! Ich will über den Preis reden … Was soll diese beschissene Schätzung von zwanzigtausend Euro? …»

Mathilde Macquart ließ sich nicht aus der Ruhe bringen. Nach sehr kurzem Schweigen:

«Und fünfunddreißigtausend hoch geschätzt. Diese Spanne schien uns am realistischsten …»

«Realistisch?», protestierte Fridelance. «Aber mein Hocker ist hunderttausend Euro wert!»

Der Ton der jungen Frau wurde zunehmend unfreundlicher und professioneller.

«Moment, Moment, Monsieur Fridelance. Es handelt sich um eine *Versteigerung*. Ein relativ niedriger Preis ist ein starker Anziehungsmagnet für die Kundschaft. Die Leute kommen zahlreicher zu der Auktion, und folglich haben wir mehr Bieter. Und mit Hilfe des Wetteifers steigt der Preis nach und nach, und so haben wir gute Chancen, sagen wir, sechzigtausend, wenn nicht gar achtzigtausend zu erzielen …»

«Ja, klar. Außer, dass nur *eine einzige* Person berechtigt sein wird, zu bieten!»

Nach einigen Sekunden überraschten Schweigens:

«Wie bitte, Monsieur Fridelance?»

«Ich habe mir das alles erklären lassen», donnerte der Illustrator. «Ihren verdammten Betrug da … Und dann, was soll diese Klausel auf der Rückseite des Versteigerungsauftrags, den Sie mir mit dem Katalog geschickt haben, mit der Bitte, ihn zu unterschreiben? … *‹Der Posten kann zu einem festgesetzten Mindestpreis zur Versteigerung gegeben werden, unter dem er nicht verkauft werden wird. Ist der Posten erst einmal geschätzt, kann der festgesetzten Mindestpreis die in den die Versteigerung* *betreffenden Werbeunterlagen ausgewiesene untere Schätzung nicht übersteigen.›* Soll das etwa nicht heißen, dass mein festgesetzter Mindestpreis zwanzigtausend Euro nicht überschreiten kann?»

Mathilde Macquart erwiderte recht kühl:

«In der Tat. Gemäß Artikel 11 des Gesetzes 2000-642 vom 10. Juli 2000. Das steht auch auf dem Versteigerungsauftrag, den Sie in Händen halten.»

«Das ist ja unglaublich, so ein Gesetz», empörte Fridelance sich. «Na, dann sollte es wohl nicht sein, ich werde meinen Hocker woanders verkaufen. Ich hole ihn heute Nachmittag ab ...»

Der Ton der jungen Frau wurde eisig.

«Wie Sie möchten, Monsieur. Ich bin bis siebzehn Uhr dreißig hier. Der Hocker wird Ihnen gegen einen Scheck in Höhe der damit verbundenen Kosten wieder ausgehändigt werden.»

«Ein Scheck? Aber, äh, in welcher Höhe?»

«Nun, warten Sie, ich rechne nach ... In den Preisen sind sämtliche Steuern inbegriffen, nicht wahr ... Lagerkosten: 40,66 Euro ...» (Der volle angebrochene Monat ist natürlich fällig ...) «Versicherungskosten: 250 Euro ... Kosten für das Katalogfoto: 273,88 Euro ... Kosten für die Katalogreprographie; 567,95 Euro ... Versandkosten für den Katalog: 249,69 Euro ... Werbekosten für die Zeitung des Hôtel Drouot: 836,60 Euro ... die Anmietung des Caterers *Potel & Chabot*: 2 095,75 Euro ... Insgesamt, warten Sie ... Ah ja, kommen wir auf 4 314,53 Euro. Meine Sekretärin wird Ihnen die Rechnung vorbereiten.»

Fridelance wischte sich die Stirn.

«Moment mal, ich träum wohl… Sie geben mir meinen Hocker nicht zurück, wenn ich Ihnen keinen Scheck über 4 314 Euro zuschiebe?»

«Und 53 Centimes. Das sind die Konditionen, die Sie eigenhändig unterschrieben haben.»

Er brüllte:

«Aber ich habe Ihren verfluchten Versteigerungsauftrag nicht unterschrieben!!!»

Mathilde Macquart lächelte.

«Stimmt. Aber Sie haben den Lagerschein unterschrieben.»

Der Illustrator runzelte die Stirn.

«Aber das hat doch damit nichts zu tun!»

«Schauen Sie, was unten auf dem Blatt steht…»

Fridelance klemmte sich den Hörer an die Schulter und brummte:

«Verdammte Scheiße. Warten Sie, ich setze meine Brille auf… Man bräuchte ja ein Mikroskop, um das zu entziffern! ‹*Dieser Lager... gilt als Versteigerungsauftrag… Im Fall einer Rücknahme des Gegenstands vor der öffentlichen Versteigerung… wird ein Betrag in Höhe der Versicherungskosten… der Reproduktionskosten… der Werbekosten… der Transportkosten… der Möbellagerkosten… und aller angefallenen Kosten in Rechnung gestellt.*›»

Seine Gesprächspartnerin fuhr in zufriedenem Ton fort:

«Nun, sehen Sie. *Und aller angefallenen Kosten.*

Einschließlich der Bestellung bei *Potel et Chabot* für die Coctailparty der Präsentation, auf der die Stücke ausgestellt werden ...»

Gebrüll in der düsteren Erdgeschosswohnung in der Rue Saint-Sébastien:

«Weil ich Ihnen Ihre verdammte Cocktailparty auch noch zahlen soll???»

Maurice Macquarts Tochter reagierte mit einem leisen Lachen.

«Nicht ganz, natürlich. Nur 2,2 % entsprechend der im Verkaufskatalog aufgelisteten Werte. Für Sie belaufen sich die Kosten für die Cocktailparty nur auf etwas über 2 000 Euro, Monsieur Fridelance ...»

Der andere war den Tränen nahe.

«Verdammt, ich träume wohl... Das ist nicht wahr... Das ist ja der reinste Alptraum ...»

Die junge Frau klang heiter.

«Aber all das nur, falls Sie Ihren Hocker zurückziehen wollen. Hören Sie, lieber Monsieur Fridelance... Die Schätzung hat Sie ein wenig überrascht, so was kommt vor. Ich glaube, dass Sie mit Versteigerungen nicht vertraut sind.» (Sie lachte leise.) «Erkundigen Sie sich, alle werden Ihnen sagen, dass das Haus Macquart seriös ist, wir stehen nicht im Ruf von Geschäftemachern ...» (Erneutes leises Lachen.) «Sie werden sehen, dieser Hocker hält mit Sicherheit eine sehr schöne Überraschung für uns bereit... Unterschreiben Sie diesen Versteigerungsauftrag, und niemand wird diese unangenehme Geschichte mit dem Scheck mehr erwähnen. Ich werde meinem

Vater nichts von diesem kleinen Missverständnis sagen. Wenn Sie wollen, kann ich Ihnen einen Boten schicken, das geht schneller …»

«Einen Boten? … Aber wozu?»

«Ich brauche diesen Auftrag recht schnell … Die Versteigerung ist in fünf Tagen.»

Fridelance, von kaltem Schweiß bedeckt, kratzte sich heftig am Kopf und schaute in dem leeren Wohnzimmer aufgeregt nach rechts und links auf der Suche nach einer unwahrscheinlichen Rettung.

Régine war in der benachbarten kleinen Grünanlage an die frische Luft gefahren, sie würde nicht vor einer guten halben Stunde zurück sein.

«Monsieur Fridelance? Hören Sie mir zu? Sie müssen sich schnell entscheiden … Ich habe zu tun. Das ist eine sehr wichtige Versteigerung: da ist nicht nur Ihr Hocker, selbst wenn er ein schönes Stück ist, eine gute Arbeit …»

«Äh … Oh je, oh je, ich weiß nicht mehr …»

«Na los, ich komme Ihnen sogar entgegen, Monsieur Fridelance. Ich senke unsere Verkaufsprovision auf 10 %, statt 14. Sind wir uns einig? …»

Er seufzte schwer.

«Ja, gut … Ich muss nur mit meiner Frau darüber reden …»

«Ich rufe wegen eines Boten an. Beeilen Sie sich, Monsieur Fridelance. Beeilen Sie sich …

«Tut mir leid, ich habe nicht viel Zeit für Sie, Monsieur Offizier. Ich habe einen Prozess vor der XXIII. Kammer, ich muss um dreizehn Uhr vor Gericht sein…»

«Es wird nicht sehr lange dauern, Maître... Ich hätte nur gern Ihre Meinung über Ambroise Fridelance…»

Die Anwältin hebt den Blick zu den Zierleisten an der Decke ihres geräumigen, mit Schränken und Regalen voller übereinander gestapelter Akten vollgestopften Büros, das einige eher welke Grünpflanzen schmücken.

«Schon wieder diese Geschichte…»

«Als Sie ihn gesehen haben, Maître, schien er Ihnen da geistig gesund?»

Sie zuckt mit den Schultern.

«Aber natürlich, Inspecteur. Ich konnte ja nicht ahnen… Er wirkte eher farblos… Ein wenig hilflos dem Leben gegenüber, wenn Sie verstehen, was ich meine…» (Sie gibt ein leises Lachen von sich.)

«Was hielten Sie von seiner Meinungsverschiedenheit mit dem Haus Macquart?»

«Dass es ein ziemlich gutes Dossier war… Auf den ersten Blick konnte man auf ein zufriedenstellendes Ergebnis hoffen… Ich fand es ganz schön vermessen von den Macquarts, ihn für einen Teil

ihrer Cocktailparty aufkommen lassen zu wollen…» (Erneutes leises Lachen.) «Auf jeden Fall war das eine Art Erpressung… Die haben versucht, Druck auf ihn auszuüben, damit er ihnen den… Was war es noch mal? Ja, den Hocker überlässt…»

Das Handy klingelt in der Tasche des Polizeibeamten.

«Entschuldigen Sie, Maître…»

Nora Bellois Stimme hallt aus dem Apparat:

«Denis?»

«Äh, ja, Nora…»

«Komm schnell und kümmere dich um deine arme Verwundete, die sich allein in ihrem Atelier langweilt und es satt hat, über all diese ollen Kamellen zu berichten… Oh, ich will dich, mein schöner Mann…»

Der Kriminalbeamte legt die Handfläche über das Handy. Die Rechtsanwältin sieht sich zerstreut die erste Seite eines Dossiers an.

«Nora, ich…»

«Deine Hände heben die Spitze meines schwarzen Unterkleids an, um meinen Seidenslip zu enthüllen, den du da, oben an meinen Schenkeln, streichelst… Mein Körper bäumt sich auf und…»

«Nora…»

«… Mein Geschlecht reibt sich an deinem, ich bin so erregt, der Schmerz in meinem gebrochenen Arm kann den Willen meines Fleisches nicht zügeln, wir sind so leidenschaftlich, mein Gelieb-

ter, dass wir gleich kommen könnten, jetzt, jetzt gleich…»

«Nora, äh, ich habe jetzt zufällig gerade einen Termin bei einer Rechtsanwältin…»

«Oh, ja, ja, bitte sie schon um Auskunft betreffs deiner Scheidung, ja, ich bin deine Geliebte, mein Körper erbebt für dich!… Mein ganzes Wesen… Ich will dich, ich will dich, was für eine Tortur! Ich habe heute ununterbrochen an dich gedacht, an unsere verrückte Nacht, das Lächeln ging nicht von meinen Lippen, ich konnte mich kaum auf meinen Artikel konzentrieren…»

«Hör zu, ich ruf dich gleich zurück, ich muss…»

«Ich wollte dir nur sagen, dass ich schrrrrrecklíiiiiches Verlangen nach dir habe!… Es ist unglaublich, was für eine Wirkung du auf mich hast… Ich bin so glücklich und erregt bei dem Gedanken an unser Treffen heute Abend… Meine Lippen warten nur auf dich, um sich zu öffnen und eine ungeduldige Zunge hervorschnellen zu lassen… Ich habe meine kleine Tracht Prügel auf den Hintern gestern so geliebt, dass ich wünschte, du würdest mich wirklich verhauen… Dass du mir den anderen Arm auch noch brichst, oh mein stürmischer Bulle…»

«Gleich, Nora. In einer viertel Stunde…»

«Ah, das habe ich dir noch gar nicht gesagt: heute morgen bin ich in die Galérie Lafayette *geeilt und habe mir zwei neue schwarze Slips gekauft, die dir gefallen werden, da bin ich sicher.*

Einen mit ganz viel Spitze, und einen anderen aus sehr transparentem Voile, schwarz mit einem ganz zarten und glänzenden Einsatz aus Satin…»

Polizeioffizier Koster stellt das Handy ab und betrachtet es ein paar Sekunden mit verstörter Miene, bevor er es in die Tasche steckt.

Maître Rabichon-Loisel fährt mit ziemlich kühlem Lächeln fort:

«Im Grunde war ich einer Meinung mit dem, was mein Freund Serge Demare mir am Telefon gesagt hatte: dass dieser Auktionator das Stück unter der Hand zurückkaufen würde… und dass der unglückliche Verkäufer nichts im Vergleich zu dem reellen Wert seines Gegenstands erhalten würde…»

Der Kriminalbeamte macht eine zweifelnde Geste.

«Nun, das haben wir nie erfahren…»

Die Rechtsanwältin schiebt ihren Stuhl zurück, steht auf und streicht ihr dunkelblaues Chanel-Kostüm mit der flachen Hand glatt.

«Leider nein. Jetzt bedaure ich, aber ich muss ins Gericht…»

«Warten Sie, nur eine Frage noch: war es Ihre Idee, dieses Einschreiben zu schicken?»

Sie spreizt die Finger.

«Das war das Erste, was zu tun war. Um die Versteigerung von Monsieur Fridelances Hocker zu stoppen und es ihm zu erlauben, ihn so schnell wie möglich wiederzubekommen…»

«Ich habe hier eine Kopie, wenn Sie gestatten… ‹Monsieur, mein Klient Ambroise Fridelance übergibt mir ein Dokument, aus dem hervorgeht, dass er einen Hocker des Künstlers Paul Leneuf zur öffentlichen Versteigerung abgeliefert hat, und zwar laut Lagerschein datiert vom…›»

«Entschuldigen Sie, aber ich muss wirklich los, Monsieur Offizier…»

«Ich mach's kurz, ich mach's kurz… ‹... Folglich bitte ich Sie, vorliegendes Schreiben als rechtsverbindliche Aufforderung zu betrachten, den Ihnen anvertrauten Hocker binnen achtundvierzig Stunden nach Empfang dieses Schreibens zurückzugeben… Andernfalls sehe ich mich gezwungen, alle geeigneten Maßnahmen zur Wahrung der Rechte meines Mandanten zu ergreifen, und ein Gerichtsverfahren gegen Sie einzuleiten…› *Maître Rabichon-Loisel, haben Sie Ambroise Fridelance über die Risiken aufgeklärt, die er durch Einleiten dieses Verfahrens einging?»*

Der Inspecteur steht auf, Kopie in der Hand, um der Rechtsanwältin zu folgen, die sich in der Bürotür umdreht:

«Verstehen Sie mich, Inspecteur Koster. Die Justiz ist keine exakte Wissenschaft, und kein Rechtsanwalt ist unfehlbar. Ganz einfach: ich habe nicht gedacht, dass er ein Risiko eingehen würde…

9

«Ambroise!!!», brüllte Régine Fridelance aus dem Wohnzimmer.

«Ja, mein Schätzchen ...»

«Hast du die Telefonrechnung bezahlt?»

«Äh ... Ah, nerv nicht rum! Morgen schicke ich den Scheck, ganz bestimmt ...»

«Warum nicht gleich?»

Der Illustrator betrat das Zimmer, während er sich die Hände abtrocknete.

«Nun, ich warte auf das Honorar vom Demare Verlag... Für dieses Buchcover da, ‹Tamtam der Angst› ...»

«Was für ein Geizkragen, dieser Demare ...»

«Er ist im Moment ziemlich krank, weißt du ...»

Die Querschnittsgelähmte hob einen besorgten Blick:

«Das ist nicht zufällig wegen des afrikanischen Zaubers, mit dem du ihn belegt hast?»

«Äh ... aber nein, aber nein. Was bildest du dir da ein?»

Sie vertiefte sich wieder in die Lektüre des *Parisien*.

«Dein Horoskop von heute früh ist jedenfalls nicht gerade toll ... Mercure hat sich in Haus XII festgesetzt, in seiner eigenen Opposition und zu der vom Mars, in Quadratur zu Saturn und Pluto in deinem Geburtshoroskop.» (Sie liest.) «*Schieben Sie schnelle Ortswechsel im Rahmen des Möglichen auf, um zu vermeiden, dass Sie sich Unfällen oder umstürzenden Gegenständen aussetzen, die zu schweren Verbrennungen führen oder gar tödlich ausgehen können. Achten Sie darauf, keine Feindseligkeit, Animositäten von Konkurrenten, Rivalen oder Gegnern hervorzurufen… Vorsicht ist unbedingt geboten in Beziehung zu Zwischenhändlern, Geschäftsleuten, Rechtsanwälten, sowie in der Durchführung von Geschäftsangelegenheiten im Allgemeinen... Schützen Sie sich gegen die Eventualität der Risiken eines Diebstahls… und hüten Sie sich vor Kommunikationsproblemen…»*

«Ja, ja…»

«Apropos Kommunikation, du solltest France-Télécom trotzdem diesen Scheck schicken… Ich lese dir ihren Mahnbrief noch einmal vor: *‹Madame, Monsieur, bis zum heutigen Tag – vorbehaltlich Irrtums unsererseits – haben Sie den Betrag Ihrer Rechnung vom 29/09, dessen äußerster Zahlungstermin am 14/10 war, nicht beglichen. Die noch ausstehende Summe beträgt 48,17 Euro…›*»

«Ja, ja…»

«Was anderes fällt dir nicht ein, ‹Ja, ja›… *‹... Jeder Zahlungsrückstand zieht die Inrechnungstellung variabler Gebühren nach sich… Sie werden vom ersten Tag an nach Fälligkeit der Rechnung auf die geschuldeten Summen fällig, Steuer nicht inbegriffen, auf der Basis von 0,17 % alle vierzehn Tage... Ein Mindestbetrag, um einen Teil der Bearbeitungsgebühr zu decken…›*»

«Mach's kurz, Régine, mach's kurz... Pah... Man könnte meinen, du hast nichts anderes zu tun, als auf unangenehmen Dingen rumzureiten. Scheiße nochmal! Das ist ja unerträglich! Das raubt mir völlig die Konzentration, das deprimiert mich, das raubt mir den Verstand. Ich habe Herzklopfen, Angstzustände, Übelkeit, Migräne, Ameisen in den Händen. Wie soll ich, bitte schön, in dieser Atmosphäre gute Designs machen? Und wenn ich nicht mehr zeichnen kann, wer wird uns dann...»

«... Wenn Ihre Zahlung nicht umgehend eingeht, wird Ihr Abonnement gemäß den Vertragsbedingungen nach Einstellung aller oder eines Teils unserer Leistungen ohne einen weiteren Bescheid gekündigt...»

Das Telefon begann zu klingeln.

«Monsieur Fridelance?»

«Am Apparat...»

«Hier Françoise Rabichon-Loisel... Hören Sie, ich habe soeben die Anträge vom Rechtsanwalt der Prozessgegner erhalten...»

Fridelance lächelte nervös, während er seine Gattin in ihrem Rollstuhl ansah.

«Ja, ja, und, Maître? Kann ich meinen Hocker jetzt endlich abholen? Das wird aber auch Zeit!»

Am Ende der Leitung herrschte kurz Stille.

«Äh... Nun ja, ich fürchte, das wird nicht so einfach sein, Monsieur Fridelance.»

«Was? Aber Sie hatten doch gesagt...»

«Ich habe mich seitdem bei einem Kollegen schlau gemacht… Ich bin mehr für Scheidungen zuständig, so habe ich unseren gemeinsamen Freund Demare kennengelernt. Es scheint ganz so, als profitierten die Auktionshäuser – unglücklicherweise für Sie – von einem Zurückbehaltungsrecht.»

«‹Zurückbehaltung›? Was soll denn der Quatsch heißen? Ich übe mich auch in Zurückhaltung… Ganz zu schweigen von der anhaltenden Spannung, kann ich Ihnen sagen!»

«Mhm! Das bedeutet, dass die Macquarts den Hocker behalten können, solange Ihr Fall nicht entschieden ist… außer, natürlich, Sie begleichen diese Rechnung über 4314,53 Euro… Die Sie sich natürlich nach Ende des Prozesses zurückerstatten lassen werden. Da wir trotz allem gute Chancen haben, zu gewinnen…»

«Aber ich, ich habe keine 4314 Euro!!!… Verdammte Scheiße!», brüllte Fridelance.

«Und dreiundfünfzig Centimes. Nun ja, lieber Monsieur… Bitten Sie Ihre Bank um eine Rückzahlungsfrist, erklären Sie ihnen die Situation…»

«Oje, mein Gott, das wird nicht leicht. Und… wann findet der Prozess statt?»

«Oh das… Die Handelsgerichte sind überlastet, wir müssen ungefähr mit einem Jahr rechnen. Ich glaube nicht, dass unsere Position stark genug ist, um eine einstweilige Verfügung oder ein Dringlichkeitsverfahren zu erwirken… Und außerdem hat unser Gegner noch die Möglichkeit, Berufung einzulegen… Sagen wir, dass Sie Ihren Gegenstand vielleicht in zwei, zweieinhalb Jahren wiederbekommen… Wir sollten trotzdem diesen Lagerschein anschauen, den Sie unterschrieben haben… Ich habe jetzt keine Zeit, danach zu suchen, ich muss zu einer Verteidigung in die Provinz… Ich frage mich plötzlich, ob das Möbelstück im Falle der Nicht-Rückholung nicht nach einem Jahr in den Besitz des Hauses Macquart übergeht…»

«Verdammt, das ist nicht wahr!!!…»

«Also, was machen wir jetzt, Monsieur Fridelance? Soll ich eine Vorladung einreichen? Wenn die Prozesskosten Ihnen Sorgen bereiten, könnten Sie Prozesskostenhilfe beantragen…»

Er stieß einen langen Seufzer aus, der in ein Schluchzen mündete.

«Ooh, darauf hätte ich nicht einmal ein Recht… wegen der Invalidenrente meiner Frau…»

«Tja, das ist bedauerlich. Nun, ich muss Schluss machen, ich glaube, mein Taxi kommt. Ich warte auf Ihre Entscheidung und erlaube mir, Ihnen unterdessen meine bescheidene Honorarrechnung zu schicken, Monsieur Fridelance…»

«Ah, klar, das hat gerade noch gefehlt… Wie viel schulde ich Ihnen bis jetzt?»

«Mit den Kosten für den Gerichtsvollzieher, das Einschreiben und die Fotokopien… 426 Euro und 86 Centimes, Steuer nicht inbegriffen… Die Mehrwertsteuer mitgerechnet macht das… Hallo, Monsieur Fridelance?»

Der Illustrator knallte den Hörer auf den Apparat und setzte sich den Tränen nahe auf einen Stuhl.

«Oh, verdammt… verdammt…»

«Ich habe dir doch gesagt, mein lieber Ambroise, dass Saturn auf der falschen Seite deines Geburtshoroskops Stellung bezogen hat… Hör zu, ich an deiner Stelle würde deine Freundin von der Uni, die Journalistin Nora Bellois anrufen… Sie ist mit den Macquarts befreundet, sie könnte einen Kompromiss aushandeln… ‹Besser eine schlechte Einigung als ein guter Prozess…›, es gibt da so ein Sprichwort…»

Er hob den Kopf, die Augen in seinem bleichen Gesicht gerötet.

«Das ist kein Sprichwort…»

«Ruf sie trotzdem an.»

«Oh, verdammt… Gut, ich versuch's…»

Er fand die Nummer in seinem Taschenkalender, hämmerte auf die Telefontasten ein.

«Hallo? Hallo?…»

Eine weibliche Stimme in angenehmem Tonfall antwortete sofort.

«France-Télécom, guten Tag. Wir bedauern, Ihren Anruf nicht ausführen zu können, da Ihr Telefondienst eingeschränkt wurde…»

Fridelance schrie in den Hörer: «Hallo? Was?… Scheiiiiße!!!»

Er verpasste dem kleinen runden Tisch einen Fußtritt und schleuderte den Apparat sowie eine Vase mitsamt ihren Blumen fort.

«Ambroise? Aber wo willst du denn hin?»

Mit apoplektischem Gesicht brüllte er aus dem Eingang:

«Zu *Ed*! Ein Huhn und Innereien kaufen! Und anschließend gehe ich nach Barbès, um Körner und Wurzeln zu kaufen! Ich hab die Schnauze voll! Gestrichen! Sollen sie doch alle krepieren! Ich werde sie krepieren lassen, wie in diesem verfluchten Buch!... VÖLLIGER RUIN UND TOTALE ZERSTÖRUNG!!!»

Koster/Mathilde (3)

«Inspecteur... Der Professor hat gesagt, dass wir sie nicht ermüden dürfen... Sie leidet unter mehrfachen Brüchen, ihr Zustand ist ziemlich ernst...»

Der Polizeibeamte wirft der Krankenschwester einen genervten Blick zu.

«Ich bin bald fertig... Mademoiselle Macquart...»

«Ooooh... mir geht's schlecht... Es brennt...»

«Ich muss nochmal auf diese betrübliche Szene zurückkommen... als Ambroise Fridelance in das Büro Ihres Vaters gekommen ist... Sie waren in dem Moment zugegen, nicht wahr?»

Die Verwundete schließt einen Moment die Augen, öffnet sie dann wieder.

«Ja… Wir haben die Auktion vorbereitet, die am nächsten Tag stattfinden sollte… Mein Vater war verärgert, weil der Hocker schon im Katalog stand und sogar auf dem Umschlag abgebildet war…»

«Eine der Personen, die ich befragt habe, deutet an, dass Monsieur Macquart möglicherweise vorhatte, mit dem Leneuf-Hocker ein sehr profitables Geschäft zu machen… Indem er ihn günstig zurückkauft, zum Beispiel.»

Mathilde Macquarts fiebriges Gesicht wird noch röter zwischen den weißen Verbänden. Während sie versucht, ihre eingegipsten Arme zu bewegen, in einem Reflex aus Protest:

«Das… das ist ungeheuerlich!… Die Leute so zu beschuldigen… Mein Vater… Er hat nie…»

Sie erstickt einen Schluchzer.

«Gut, entschuldigen Sie», sagte der Beamte unter dem wütenden Blick der Krankenschwester. «Ich wollte nicht… Kommen wir jetzt auf diesen Augenblick zurück, als…»

«Ich… Ich habe sämtliche Lichter in dem Raum angemacht, einschließlich des großen Art-Nouveau-Leuchters… weil dicke Wolken über dem Viertel aufkamen, es war sehr dunkel draußen…»

«In welcher psychologischen Verfassung schien Fridelance Ihnen zu sein?»

«Er wirkte wie ein Tobsüchtiger… Die Empfangsdame hatte versucht, ihn am Hinaufkommen zu hindern… Er ist mit hervorquellenden Augen eingetreten…»

10

Ambroise Fridelance stieß die Bürotür mit einem kräftigen Fußtritt auf und landete mitten in einem verblüfften Schweigen. Maurice und Mathilde Macquart sahen ihn aus großen runden Augen an.

Er erklärte mit belegter Stimme:

«Ich … ich bin gekommen, um meinen Hocker abzuholen.»

Der Auktionator fasste sich wieder und sagte kalt:

«Wir sind beschäftigt, wie Sie sehen, Monsieur … Warten Sie unten.»

Die Stimme des Illustrators zitterte vor Wut.

«Leck mich am Arsch.» (Dann brüllte er in den Raum:) «MEINEN HOCKER!»

Mathilde Macquart schenkte ihm ein eisiges Lächeln.

«Haben Sie den Scheck mitgebracht, Monsieur Fridelance?»

«Den Scheck? Den Scheck kannst du dir sonstwohin stecken, du blöde Kuh.»

Macquart empörte sich:

«Aber, aber, Monsieur!»

Fridelance wandte sich mit geballten Fäusten an ihn.

«Schnauze, du Fettsack! Was hast du mit meinem Hocker gemacht? Ah, ich sehe ihn!»

«Aber so hören Sie doch auf!», schrie Mathilde und trat dazwischen.

«Aus dem Weg, verdammt! Das ist MEIN Hocker!»

«Papa, ruf die Polizei!»

«Gib meinen Hocker her!», brüllte der Illustrator und verpasste ihr ein Paar Ohrfeigen.

Der Auktionator mischte sich in die Auseinandersetzung.

«Scheißkerl! Drecksack! Dieb!», schrie Fridelance.

«Aber so hören Sie doch auf! Lassen Sie ihn los! Hilfe!», kreischte Mathilde in Richtung des Flurs und der angrenzenden Büros.

Macquart, noch immer an seinen Kunden geklammert, schwankte schwer und stieß den Art-Nouveau-Leuchter um, dessen Birne zerbrach, als sie auf den Boden stieß. Die beiden Männer rollten auf dem Teppich, gleichgültig gegenüber den Flammen, die mit übernatürlicher Schnelligkeit emporschossen und auf die Vorhänge übergriffen.

«Aber so stehen Sie doch auf! Es brennt! Feuer!!!»

«Verrecke, du Arschloch!», knirschte Fridelance, seine Finger um den dicken Hals von Maurice Macquart gepresst, der die Augen verdrehte...

Koster / Mathilde (4)

Die Polytraumatisierte schluchtzt jetzt.

«Sie waren dort... am Boden... Fridelance hatte die Finger um Papas Hals gedrückt… Ich bin in Panik geraten… Das Feuer hat mir den Weg versperrt, ich konnte den Flur nicht erreichen… Da bin ich aus dem Fenster gesprungen… Das Haus stand in Flammen… Sie sind beide umgekommen, alles hat gebrannt, einschließlich des Hockers von diesem Wahnsinnigen… Man hat nichts von ihren Körpern gefunden… Oooh…»

Sie unterbricht sich, die Stimme von Schluchzern erstickt.

«Seine Witwe wird den Wert erhalten, den Sie bei der Versicherung angegeben haben, basierend auf der ‹Mindestschätzung›, Mademoiselle Macquart, das heißt zwanzigtausend Euro... minus Ihre Rechnung über viertausend und ein paar Zerquetschte, die noch immer offen ist. Das wird es Madame Fridelance ermöglichen, ihre Rückstände bei der Miete, dem Telefon, den Elektrizitätswerken, der Sozialversicherung etc. zu begleichen. Danach, wenn man ihr glauben kann, bleibt ihr gerade genug, um sich ein Abo von Télé 7 jours *zu leisten… Zum Glück hat sie noch ihre kleine Invalidenrente…»*

Die junge Frau stöhnt schwach. Der Polizeibeamte Koster schüttelt schweigend den Kopf. Die

Krankenschwester schleudert ihm immer noch wütende Blicke entgegen.

«Gut, ich lasse Sie jetzt in Ruhe, Mademoiselle Macquart… Ich wünsche Ihnen eine rasche Genesung von all Ihren Brüchen und Verbrennungen.» (Er schiebt seinen Stuhl zurück und steht auf.) «Ach ja, noch eine letzte Kleinigkeit… Reine Routine, entschuldigen Sie. Ihnen ist nicht zufällig etwas Ungewöhnliches aufgefallen, während Ambroise Fridelance mit Ihnen gesprochen hat… außer seinem offensichtlich heftig aufgewühlten Zustand…»

«Nein… Oder eher doch… Aber das muss ich mir eingebildet haben…»

«Sagen Sie es trotzdem…»

«Nun ja… Mir war so, als hörte ich… ein Geräusch afrikanischer Trommeln… Tamtams…»

11

Polizeioffizier Koster steuert auf Treppe A der «Cité des Marguerites» zu, einem langgezogenen heruntergekommenen Wohnblock in der Banlieue von Lille. Die Loge des Hausmeisters befindet sich neben dem Eingang zu Treppe A.

In Antwort auf das Klopfen an die Scheibe wird der Ton des Fernsehers leiser, und eine dicke Gestalt nähert sich langsam, mit über die Fliesen schlurfenden Pantoffeln, der Tür.

«Pardon, Monsieur… Polizeioffizier Koster…»

«Ja?…»

«Ich suche Monsieur… Euloge Zonta…»

«Hat er was angestellt?»

«Nein, nein, nur eine einfache Überprüfung.»

«Treppe C, achter Stock, am Ende des Flurs…»

«Danke…»

Der Lärm aus dem Fernseher schwillt wieder an, während der Polizeibeamte an der gelblichen und rissigen Fassade des Wohnhauses entlang geht, das aus den sechziger Jahren zu stammen scheint. Treppenhaus C riecht nach Pisse und Marihuana. Zwei junge Schwarze lehnen an einer Wand, die Hände in den Taschen, und mustern den Polizisten nicht gerade freundlich unter den Kapuzen ihrer Trainingsanzüge hervor. Die Fahrstuhltür ist mit roten Klebestreifen versperrt, daran klebt ein Blatt Papier: «Defekt.»

Die automatische Treppenhausbeleuchtung erlischt kurz bevor Koster den Treppenabsatz der dritten Etage erreicht. Er sucht brummend nach dem Lichtschalter.

Außer Atem und schwitzend klopft der Beamte an eine Tür am Ende des Flurs im achten Stock.

«Monsieur Zonta?»

Das Geräusch von Riegeln, die einer nach dem anderen aufschnappen. Die Tür öffnet sich einen Spalt von einigen Zentimetern.

«Ja?…», sagt eine misstrauische Stimme.

«Polizeioffizier Koster.»

Die Stimme, eine junge Stimme, wird noch misstrauischer.

«Haben Sie einen Ausweis oder so?»

Mit einem Seufzer holt der Polizist seine Brieftasche hervor, öffnet sie und hält sie vor den Türspalt.

«Hier.»

Die Stimme brummt mit einem afrikanischen Akzent:

«Alles klar, er sieht echt aus. Aber bei mir ist alles in Ordnung, Monsieur. Ich habe meine Arbeitserlaubnis und alles! Ich arbeite bei France-Télécom!»

Koster unterdrückt ein Lächeln.

«So sagte man mir. Kann ich einen Moment hereinkommen, Monsieur Zonta? Sie brauchen sich keine Sorgen zu machen, nur ein oder zwei Fragen, die ich Ihnen gern stellen würde …»

Die Tür ist jetzt halb auf. Ein Schwarzer um die Dreißig in Unterhose und T-Shirt mustert den Polizisten verwirrt.

«Fragen? …»

«Zu Ihrem Buch. Sie haben doch einen Roman über die Angst geschrieben, der beim Demare Verlag erscheint?»

Ein breites Lächeln erscheint in dem dunkelhäutigen Gesicht.

«Ah … Ja, ja. Kommen Sie rein, Monsieur Inspecteur. Entschuldigen Sie, ich bin Junggeselle, ich hab nicht viel Zeit für den Haushalt … Setzen Sie sich …»

«Danke… Sagen Sie mal, hier riecht es aber komisch…»

Euloge Zonta schüttelt ungläubig und geschmeichelt den Kopf:

«Dann haben Sie… meinen Roman also gelesen? Bei der Polizei?»

«‹Tamtam der Angst?› Ja, ja.»

Der junge Schriftsteller weist auf ein mit einem bunten Tuch bedecktes Sofa in einem winzigen Wohnzimmer, das hauptsächlich mit einer Anrichte aus Sperrholz und einem niedrigen, von Zeitschriften überhäuften Tisch möbliert ist.

«Hat es Ihnen gefallen?» (Er lässt dem Polizisten Zeit, sich auf das Sofa zu setzen.) «Sagen Sie es ruhig, nur keine Hemmung... Selbst wenn Sie die ein oder andere Kritik haben… Das kann mir nur nützen, ich bin noch ein Anfänger!»

«Nun… Um ehrlich zu sein, fand ich die Figur der Vampirfrau, dieser Elvyra, ein wenig... überzogen.»

Der junge Mann wirkt gekränkt.

«Ah, aber das ist Absicht! Das ist es ja gerade… Und außerdem ist alles wahr, das unheilbringende Vorgehen der Sukuma, der Palebe…, die Blut und Lebenskraft einsaugen, das ist bei uns in Afrika allgemein bekannt…»

«Ah ja… Aber trotzdem, Ihr Held, der junge Schwarze, jobbt bei den Elektrizitätswerken… Ich fand, dass Sie seine außergewöhnlichen Fähigkeiten und seine Verführungskraft bei den Frauen vielleicht ein wenig zu sehr herausgestrichen haben... Am Anfang geht es noch, er ist sympathisch, aber danach hat man begriffen...»

«Aber nein! Das ist äußerst wichtig!»

Der Polizeibeamte Koster macht eine unbestimmte Geste mit der Hand.

«Vielleicht, Sie sind schließlich der Autor... Nun gut, ich wollte Sie vor allem fragen... Die Genauigkeit einiger Zauberformeln hat mich ein wenig stutzig gemacht... Das steht in starkem Kontrast zum übrigen Buch...»

Euloge Zonta wendet den Blick ab und starrt auf seine Sandalen.

«Ah... Die Zauberformeln... Ja, ja.»

Der Polizist schnüffelt, sieht sich nach allen Seiten in dem Wohnzimmer um.

«Sagen Sie mal, was ist das für ein Geruch? Das riecht verbrannt...»

«Genau, ich habe gerade alten Kram im Ofen verbrannt...» (Er dachte nach.) «Nun, ich werde es Ihnen sagen, Monsieur Inspecteur, aber Sie dürfen Monsieur Demare nichts davon sagen, hm?»

«Aber nein, machen Sie sich keine Sorgen. Er ist übrigens sehr krank, ich habe gehört, dass er ins Krankenhaus gekommen ist.»

«Er muss gesund werden! Weil ich ihm nächste Woche meinen zweiten Roman mit der Post schicke!... Gerade rechtzeitig, damit er ihn nach der Sommerpause herausbringen kann!»

«Na ja... Sie schreiben schnell...»

«Muss sein, wenn man berühmt werden will! Ich spüre den Durchbruch schon kommen. Danach, wenn ich reich bin, brauche ich nicht mehr bei der Télécom zu arbeiten. Die Rechtsabteilung ist wahrlich nicht lustig. Leuten, die nicht zahlen können, Mahnungen schicken, dadurch wird die gesellschaftliche Kluft nur noch größer…» (Er hält ein wenig verloren inne, fährt dann fort:) «Ah, ja, äh, die Zauberformeln…»

«Ja…»

«Sie stammen nicht von mir. Sehen Sie, Monsieur Inspecteur, ich komme aus dem Kamerun, aber ich hatte einen Onkel mütterlicherseits, der aus Mali stammte…»

«Aus Mali… Sieh an!»

«Ja, mein Onkel war ein großer songhairischer Marabut aus Bamako, er ist 1965 nach Paris gekommen… Hier, ich habe noch seine Karte… Schauen Sie…»

Er reicht dem Polizisten eine kleine orangenfarbene, schmutzige und zerknitterte Karte, die dieser mit gerunzelter Stirn liest:

«Professor Bassekou Cissé. GROSSES MEDIUM – DISKRETER HELLSEHER. *Schaut euch genau an, was er zu bieten hat, das ist ein Wink des Schicksals! Esoterische Wissenschaft. Wenn dein Mann oder deine Frau fortgegangen ist, kommst du her, und du wirst ihn/sie noch in derselben Woche sehen. Ihr werdet geliebt werden, in vollkommener Eintracht basierend auf Liebe. Die Proble-*

me, die euch ausweglos vorkommen, werden gelöst. Schutz vor bösen Geistern, Erfolg in Prüfungen, schnelle Behandlung der Impotenz, wenn ihr schnell heiraten wollt, und wenn du Probleme am Arbeitsplatz hast. Physisch und moralisch vielschichtig. Diskretion garantiert. Sofortiges Hellsehen über Telefon. Ich arbeite auch per Schriftwechsel und über die Kontaktbörse im Internet…» Die Adresse ist in Paris im XIII. …

Euloge Zonta lächelt wehmütig.

«Ich habe Onkel Cissé nur einmal gesehen, er hatte am Flughafen auf mich gewartet… Er hat mir ein Amulett für Erfolg in den Prüfungen und ein anderes für Erfolg in Frankreich im Allgemeinen gegeben… Wie Sie sehen, funktioniert es.»

Er lacht sich halb tot. Während der Polizeibeamte knurrt:

«Ah, das stinkt, das Zeug in Ihrem Ofen… Könnten Sie nicht ein Fenster öffnen?…»

«Doch, bitte… Das hört bald auf zu brennen, keine Sorge… Onkel Cissé war ein großer Typ mit weißem Bart, mit einer ganz weißen Tunika, Gebetskette in der Hand, Fez auf dem Kopf und Babouches an den Füßen… Er war auch ein Schlaumeier: um in Frankreich bleiben zu können, hat er sich als Freiberufler deklariert und ihnen eine Anzahlung auf die Mehrwertsteuer gezahlt… Somit hatte er einen ordnungsgemäßen Steuernachweis und erhielt eine Aufenthaltsgenehmigung von der Präfektur… Und nach einem Monat ging er wieder zur Steuerbehörde, erklärte, dass seine Tätigkeit nicht lief und ließ sich löschen … Aber die Aufenthaltsgenehmigung konnte er behalten!»

«Ha … Gar nicht dumm.»

Eine fröhliche Musik erklingt. Der Polizeibeamte zieht sein Handy aus der Tasche.

«Denis, rate, von wo ich dich anrufe, Bulle meines Herzens!»

Er antwortet gereizt:

«Nun, aus der Kneipe, in der ich dich zurückgelassen habe, oder nicht? *Chez Lili et …*»

«Genau. Aus der Toilette der Kneipe.»

« … »

«Und weißt du, was ich mache? Ich habe gerade meinen Rock runtergelassen … über dem großen schwarzen Spitzenslip, den du vorhin im Wagen gestreichelt hast, ich bin noch ganz aufgewühlt davon … Und ich habe gerade meine Hemdbluse aufgeknöpft …»

«Ah, gut. Hör zu, Nora, ich …»

«Ich bin jetzt sexuell total erregt, ich musste dich gleich anrufen, um es dir zu sagen, und du wirst denken: ‹Was für eine Besessene! …› und dich natürlich darüber freuen …»

«Ich bin in zehn Minuten wieder bei dir, mein Schatz, aber …»

«Denis, dieser Aperitif aus Zärtlichkeit hat meinen Hunger nicht gestillt … Ich schlafe für mein Leben gern mit dir, für mein Leben gern, ich liebe es, wenn du mich bumst, mein Körper verzehrt sich nach dir, ich liebe deinen schönen, dicken Schwanz, liebe es, zu spüren, wie er in meiner Hand erbebt, wenn ich dich wichse, wie er in mir birst, wenn du kommst, wenn du mich besitzt …»

«Pst, pst, Nora, ich bin nicht allein …»

«Ist mir scheißegal! Ich liebe deine zarten Liebkosungen, und die heftigen auch, vor allem wenn du mich fesselst, wenn du mich peitschst, wenn du mich schlägst, ich liebe die Zeichen deiner Liebe auf meiner Haut, mein geliebter Denis! … Aaaah, du bist wirklich derjenige, den ich mit mir im Bett haben wollte zum bumsen, küssen, knutschen, beißen, lecken, fesseln … Aaaah … oooh …»

Seltsame Geräusche im Handy, dann ist die Verbindung unterbrochen. Der Polizist steckt das Gerät mit einem verkrampften Lächeln wieder ein.

Euloge Zonta zwinkert ihm vergnügt zu:

«Sie haben alle das Feuer im Hintern, was. In Kamerun ist es genauso. Ich war gerade im Urlaub dort, und …»

«Wenn wir auf Ihren Onkel zurückkommen könnten?»

«Klar, wenn Sie wollen. Aber ich spüre, dass Sie es kaum abwarten können, wieder zu Ihrer Freundin zurückzukehren, oder täusche ich mich?»

«Meiner Frau. Ich habe kürzlich wieder geheiratet …»

«Verstehe, Glückwunsch, Monsieur Inspecteur! … Na ja, als ich letzten Sommer zu Hause war, sagt meine Mutter mir, dass Onkel Cissé gestorben ist, und dass ich sein einziger Verwandter in Frankreich bin und mich um seine Wohnung in Barbès kümmern muss… Das Gerümpel überführen oder alles wegschmeißen… Damit der Eigentümer die Wohnung neu vermieten kann…»

Der Polizeibeamte nickt.

«… Das war eine alte Bude, noch schlimmer als hier… Bei ihm waren Kartons, Gläser voller Pflanzen, Säcke voller Wurzeln, Lumpen, Schnüre, Kalebassen, ein einziges Chaos…»

«Hmm…»

«Und an den Wänden Familienfotos und Amulette und Stützgürtel, die an Nägeln hingen… Und ein Tisch mit Samen, Stäbchen, ein Tierhorn, Hühnerknochen, ein Teller mit getrocknetem Blut, Steine, Zeichnungen mit Figuren… *Yusufu, Adama, Idrisa, Umar…* Und Blätter Papier, auf denen Onkel Cissé die Rezepte der Battuta abgeschrieben hatte…»

«Der Battuta?»

«Das ist die unheilbringende afrikanische Magie, Monsieur Inspecteur. Und vor allem war dort ein Blatt mit dem Rezept zur Herstellung von Korté… Eine Magie der Bambara, die als besonders wirkungsvoll gilt…»

«Das finden wir in Ihrem Roman wieder… Als der Held beschließt, sich an der Vampirfrau zu rächen… *Völliger Ruin und totale Zerstörung…*»

«Ja… Ich habe einen Großteil der Rezepte von Onkel Cissé abgeschrieben. Ich hoffe, er ist mir deswegen nicht böse, dort, wo er hingegangen ist…»

Polizeioffizier Koster rutscht auf dem Sofa herum.

«Hören Sie keine Tamtam-Musik?»

«Doch, seit eben. Das muss ein Nachbar sein… Hier sind eine ganze Menge Schwarze im Haus…»

«Ach so. Aber glauben Sie denn an die schwarzafrikanische Magie, Monsieur Zonta?»

Der junge Romancier zuckt breit lächelnd die Schultern.

«Natürlich nicht… Die Zauberei ist Schabernack. Das ist… psychologisch. Ich, ich bin ein moderner Kameruner. Ihr Franzosen habt blödsinnige Vorstellungen von Afrika. Wir haben nicht auf euch gewartet, um über die Zauberei der Marabuts nachzudenken. Jetzt, wo ich es nicht mehr für mein Buch brauche, habe ich übrigens alles weggeschmissen… Das ist es, was dort in dem Ofen brennt… Am Anfang, als ich das Feuer angezündet habe, hat der große, glänzende schwarze Stein mit den Maserungen, der bei den Papieren war, grün geleuchtet, das hat mir ganz schön Angst gemacht…» (Er lacht seltsam:) «Ha-ha-ha-ha-ha… Und es stinkt wirklich… Selbst bei geöffnetem Fenster.»

Der Polizist steht auf und geht ins Nachbarzimmer.

«Sagen Sie mal, das brennt aber ganz schön stark. Sind Sie sicher, dass dieser Ofen vorschriftsmäßig ist? Und das Ding dort mitten im Feuer, ist das der Stein?… Ich würde gern einen Blick darauf werfen…»

Er zieht seine Handschuhe an.

«Passen Sie auf, Monsieur Inspecteur! Das ist bestimmt heiß ...»

«Wie macht man den auf? So?»

Koster/Janine

Die Bedienung war neu. Es war ihr erster Arbeitstag in der Bar-Tabac Chez Lili et Jean-Luc *in diesem Arbeitervorort von Lille in der Nähe der Gebäude der zentralen Durchgangslager «Les Marguerites» und «Les Pâquerettes», die den örtlichen Horizont seit Beginn der sechziger Jahre vermauerten. Die Bedienung, die den Vornamen Janine trug und aus einem Dorf in der Nähe von Tourcoing stammte, hatte absolut keine Ahnung von der großen internationalen Messe zeitgenössischer Kunst, die im Stadtzentrum stattfand. Ein Ereignis, das der Anlass zu Nora Bellois' Anreise nach Nordfrankreich war, damit beauftragt, einen Artikel darüber für die große Tageszeitung zu schreiben, in der sie ihre wöchentliche Rubrik von nun an mit «Nora Koster-Bellois» signierte. Die Journalistin, die ein Perrier mit einer Zitronenscheibe bestellt hatte, stieg gerade die Treppe aus dem Untergeschoss – wo sich die Toiletten und die Telefonzelle befanden – hinauf, während sie noch ein wenig verstört wieder ihre Kleidung in Ordnung brachte.*

Nora fuhr zusammen, als sie an ihrem Tisch am Fenster eine Gestalt erblickte, die mit dem Gesicht zu dem Glas und der Flasche Perrier saß, die die Bedienung gebracht hatte, solange sie auf der Toilette war. Einen Moment glaubte sie (sie war kurzsichtig), dass Polizeioffizier Koster, der plötzlich auf die hirnrissige Idee gekommen war, bei dem afrikanischen Romancier eine Visite zu machen und ihn zu befragen, da sie schon einmal in Lille waren, diesen Besuch zügig beendet hatte und schon wieder zu ihr ins Bistro zurückgekehrt war. Aber der hagere Mann, der dort am Tisch saß, hatte absolut keine Ähnlichkeit mit Noras Ehemann: er sah aus wie ein Obdachloser, wie er da so bekleidet mit einer abgetragenen, schmutzigen Jacke und mit strohblonden, zerzausten Haaren mit leerem Blick auf zwei lange, knochige Hände starrte, die lässig auf dem blassgelben Resopal lagen.

Als sie sich ihm angewidert gegenübersetzte, fiel ihr sein aschgrauer Teint auf und auch eine vage Ähnlichkeit mit jemandem, aber mit wem?… Sie kam einfach nicht darauf…

«Entschuldigen Sie, Monsieur, aber das ist mein Platz…»

Der Unbekannte hob den Blick. Ein leichtes Lächeln zeichnete sich auf seinen schmalen Lippen ab.

«Er ist mir wieder eingefallen… der Titel des

Films, den wir zusammen angesehen haben, Nora…»

«Was?» Sie musterte ihn zitternd, ungläubig…

«Amb… Ambroise? Ambroise Fridelance? Aber…»

«Es war Die Nacht der lebenden Toten… *von George Romero. Er lief im ‹Studio de l'Étoile›…»*

Nora nickte automatisch, mit offenem Mund und weit aufgerissenen Augen.

«… Ich hatte beschlossen, dir an jenem Tag eine Liebeserklärung zu machen, Nora. Ich war schrecklich nervös, mein Herz schlug zum Zerbersten… Seit morgens war mir übel… Ich konnte nicht länger warten, ich dachte, ich würde vor Angst ohnmächtig werden, also habe ich meinen Arm um deine Schultern gelegt, als wir die kleine Straße in Richtung Art-Kino gingen… Du bist weitergegangen, immer geradeaus, den Blick nach vorn gerichtet, das war für mich nicht praktisch, diese Haltung konnte ich nicht lange einnehmen… Also habe ich dämlich gemurmelt: ‹Ich glaube, ich bin wahnsinnig verknallt, Nora…›»

Sie strich sich mit der Hand über die feuchte Stirn. Dabei starrte sie immer noch in dieses schmale, kreidige Gesicht, während Fridelance fortfuhr:

«Du hast dich losgemacht. Meine Hand ist wieder gegen meinen Oberschenkel hinabgefallen. Du hast mir erklärt, dass du schon einen Freund hattest… Wir sind vor dem Kino angekommen. Der

Film war frei ab 18 Jahre, die Kassiererin wollte unsere Ausweise sehen. Du warst neunzehn. Ich siebzehn und elf Monate. Die Kassiererin hat sich geweigert, mir eine Eintrittskarte zu verkaufen. Freundlich – du warst immer freundlich, Nora – erklärtest du, dass du dir den Film in dem Fall nicht allein ansehen würdest. Selbst, wenn ich darauf bestehen würde, damit du…» (Er lächelte mit seinen bleichen Lippen.) «In Erinnerung daran konnte ich dir keinen allzu schweren Fluch schicken. Nur diesen Armbruch, als du auf deiner Treppe gestürzt bist…»

Sie riss die Augen noch weiter auf.

«Du… du hast…»

«Wir haben uns ein wenig kühl vor dem ‹Studio de l'Étoile› verabschiedet. Ich bin allein zu meinen Eltern zurückgekehrt… Zutiefst verzweifelt und erniedrigt. Ich bin nicht zur Uni zurückgekehrt. Nie. Ich habe die Kunstgeschichte aufgegeben, und nach ein oder zwei Monaten der Depression habe ich meine Zeichnungen den Verlegern gezeigt… Monsieur Demare hat mich eingestellt, und das war's…»

Er spreizte die Finger, legte die Hände wieder auf den Tisch. Dann erklärte er langsam, den Blick starr auf den von Nora Koster-Bellois gerichtet:

«Hochmütige Dame, warum sind Sie zurückgewichen, als diese arme, zerbrechliche Kreatur sich Ihnen genähert hat?, hatte ihr Fehler die Luft verpestet?, hatte ihr Atem im Vorbeiziehen Ihre Reinheit beschmutzt? Ah! Madame, klären Sie diesen beleidigenden Affront: ersticken Sie den Vorwurf, der im Begriff ist, über Ihre herablassenden Lippen zu kommen: verletzen Sie keine Seele, die bereits blutet! Sie hat gelitten, sie leidet noch: sie wirkt fröhlich, aber ihr Herz ist gebrochen: ihr Geschmeide glänzt, aber ihre Brust stöhnt...»

Fridelance hielt inne, er wirkte zutiefst bewegt. Nora stammelte:

«Das... das ist sehr schön, Ambroise. Ist das... ein Gedicht? Hast du das geschrieben?»

Er schüttelte den Kopf.

«Nein, das stammt aus einem englischen Schauerroman vom Ende des XVIII. *Jahrhunderts... Ich habe es in der Bibliothek gefunden, dort wo ich...» (Er zögerte.) «Dort, wo ich jetzt bin.»*

«Und wo bist du? Ich meine, alle glauben, du seist bei dem Feuer im Hause Macquart umgekommen. Ich dachte, einzig Mathilde hätte überlebt. Obwohl die Arme alle vierzehn Tage zur Hauttransplantation wieder ins Krankenhaus muss, das ist die Hölle für sie! Aber das ist ja unglaublich!... Wo hast du dich versteckt?»

Er schien nachzudenken, dann lächelte er:

«Das wäre zu kompliziert zu erklären. Sagen wir, dass ich eine super Firma gefunden habe. Die Verhältnisse sind ein wenig beschwerlich, es ist ziemlich eng, wir sehen nie den Himmel, und die

Hitze ist schwer zu ertragen – aber daran bin ich seit meiner Jugend in Afrika gewöhnt. Mit der dauernden Hintergrundmusik hingegen tue ich mich ein wenig schwer… Früher mochte ich zum Beispiel gern die Stones, aber da werden sie mir allmählich zu viel… Ich darf nicht vergessen, bei der Apotheke vorbeizuschauen und Ohrstöpsel zu holen.»

«Ambroise, ich muss gestehen, dass ich nicht recht verstehe…»

«Sagen wir, dass ich in einem expansiven Unternehmen gelandet bin. Der Big Boss ist offenbar höchst zufrieden, und es kommen täglich Neue, zu hunderten, zu tausenden, das läuft wie das Feuer des Teu… (Er fuhr zusammen – als hätte er einen Stromschlag erhalten. Sah sich dann erschrocken um.) Pardon, ich hab mich versprochen, ich… ich meinte, es ist eingeschlagen wie der Blitz…» (Er strich sich mit der Hand über die gräuliche Stirn.) Jedenfalls kann ich dir sagen, Nora, dass es im Vergleich zu dem Leben, das ich vorher geführt habe, fantastisch ist.»

«Ich… ich freue mich für dich, Ambroise. Aber was machst du hier in Lille? Erzähl mir nicht, dass du wegen der internationalen Messe gekommen bist!»

«Oh nein, daran hat sich nichts geändert: ich halse mir immer noch die kleinen Jobs auf. Man hat mich geschickt, um einen Gegenstand einzutreiben…»

Er holte einen dicken, schwarzen, glänzenden, mit Maserungen gestreiften und seltsam qualmenden Stein aus der Tasche seiner verdreckten Jacke.

«Der ist ja prachtvoll!», rief die Feuilletonistin entzückt. «Aus welchem Land kommt der? Kann ich ihn anfassen?»

Fridelance zog seine Hand zurück und steckte den Stein schleunigst wieder in die Tasche.

«Tut mir leid, besser nicht.» (Er brachte ein entschuldigendes Lächeln zustande.) Er ist noch ganz heiß...»

Nora Koster-Bellois öffnete ihre Handtasche und zog ihr Handy hervor.

«Sag mal, Ambroise, ich würde dir gern einen Freund vorstellen... Erlaubst du?»

Sie drückte nervös auf die Taste des Adressbuchs, bestätigte einen Namen, drückte dann auf die Anruftaste, drehte sich weg und führte das Handy ans Ohr. Die Antwort kam prompt:

«SFR, guten Tag. Ihr Gesprächsteilnehmer ist zurzeit nicht zu erreichen. Bitte wiederholen Sie Ihren Anruf...»

Die Journalistin runzelte die Stirn. Dabei hatte sie doch vor wenigen Augenblicken auf der Toilette mit ihm gesprochen... Diesmal tippte sie die zehn Ziffern der Nummer ihres Mannes ein.

Das gleiche Ergebnis.

Sie unterbrach die Botschaft vor ihrem Ende, hob den Kopf.

Ambroise Fridelance war verschwunden.

Nora erhob sich ungläubig, stieß die Glastür auf, schaute nach draußen. Sie hörte die Sirenen von Feuerwehrautos. Kein Fridelance.

Als sie in die verlassene Bar-Tabac zurückkehrte, fragte sie die Bedienung:

«Sie haben nicht zufällig gesehen, wo der Monsieur, der mir gegenüber saß, hingegangen ist?»

Janine schüttelte mit großen Augen den Kopf.

«Ich habe niemanden gesehen. Es kam mir so vor, als hätte Madame mit sich selbst gesprochen…»

Die Journalistin, die nun gar nichts mehr verstand, ging wieder zu ihrem Platz. Entweder dieses Mädchen war so dämlich, wie sie wirkte, oder aber…

Und Denis, was trieb er? Sie sah auf die Uhr. Es war jetzt über eine halbe Stunde her…

Plötzlich entschied sie sich, beglich die Rechnung, ließ kein Trinkgeld, steckte den Kassenzettel für ihre Spesenrechnungen ein und ging hinaus.

Hundert Meter hinter der Kneipe Chez Lili et Jean-Luc *ging die achte und letzte Etage eines Gebäudes der ‹Cité des Marguerites› in Rauch auf, während die Belegschaft eines zweiten Feuerwehrzugs mit heulenden Sirenen zur Verstärkung eintraf.*

Nora Koster-Bellois verzog das Gesicht angesichts des Lärms und des widerlichen Gestanks, der sich allmählich im Viertel breitmachte, suchte das Feuerzeug sowie die Schachtel Chesterfield in dem Durcheinander in ihrer Handtasche, steckte sich eine Zigarette an und ging, um im Auto auf den Polizeioffizier zu warten.

In der «Série noire» sind bisher erschienen (Auszug):

Tonino Benacquista
Drei rote Vierecke auf schwarzem Grund
ISBN 978-3-923208-69-2
Didier Daeninckx
Bei Erinnerung Mord
ISBN 978-3-923208-56-2
Laurence Démonio
Eine Art Engel
ISBN 978-3-923208-40-1
Pascal Dessaint
Schlangenbrut
ISBN 978-3-923208-77-7
Rolo Diez
Der Tequila-Effekt
ISBN 978-3-923208-70-8
Hurensöhne
ISBN 978-3-923208-76-0
Wüstenstaub
ISBN 978-3-923208-80-7
Pascale Fonteneau
Die verlorenen Söhne der Sylvie Derijke
ISBN 978-3-923208-52-4
Sylvie Granotier
Dodo
ISBN 978-3-923208-54-8
Thierry Jonquet
Die Goldgräber
ISBN 978-3-932208-51-5
Léo Malet
Makabre Machenschaften am Boul' Mich'
ISBN 978-3-923208-86-9
Corrida auf den Champs-Élysées
ISBN 978-3-923208-85-2
Jean-Patrick Manchette
Volles Leichenhaus
ISBN 978-3-923208-84-7
Knüppeldick
ISBN 978-3-923208-44-9
Fatale
ISBN 978-3-923208-81-4
Blutprinzessin
ISBN 978-3-923208-49-4
Nada
ISBN 978-3-923208-55-5
Westküstenblues
ISBN 978-3-923208-62-3
Tödliche Luftschlösser
ISBN 978-3-923208-63-0
Die Affäre N'Gustro
ISBN 978-3-923208-64-7
Position: Anschlag liegend
ISBN 978-3-923208-65-4
Jean-Patrick Manchette / Jean-Pierre Bastid
Laßt die Kadaver bräunen!
ISBN 978-3-923208-83-9
Chantal Pelletier
Eros und Thalasso
ISBN 978-3-923208-46-3
Der Bocksgesang
ISBN 978-3-923208-53-1
More is less
ISBN 978-3-923208-66-1
Jean-Bernard Pouy
Larchmütz 5632
ISBN 978-3-923208-45-6
Die Schöne von Fontenay
ISBN 978-3-923208-48-7
Engelfänger
ISBN 978-3-923208-57-9
Papas Kino
ISBN 978-3-923208-59-3
H4Blues
ISBN 978-3-923208-73-9
Serge Quadruppani
Das Weihnachtsessen
ISBN 978-3-923208-79-1
Patrick Raynal
In der Hitze von Nizza
ISBN 978-3-923208-67-8
Marcela Serrano
Unsere Señora der Einsamkeit
ISBN 978-3-923208-61-6
Jordi Sierra i Fabra
Tod in Havanna
ISBN 978-3-923208-42-5
Cathi Unsworth
Die Ahnungslose
ISBN 978-3-923208-82-0

Weitere Infos und Gesamtverzeichnis: www.distelliteraturverlag.de